光文社文庫

文庫オリジナル

京都文学小景
物語の生まれた街角で

大石直紀

光　文　社

目次

東柱《ドンジュ》と東柱《とうちゅう》

プロローグ

柿沼千代《かきぬまちよ》は、学生らしいカップルに手を貸してもらいながら市バスのステップを降りた。丁寧に礼を言い、老人用のショッピングカートのハンドルを握ると、千代は、カップルのあとから歩き出した。ゴロゴロと車輪が転がる音が、今では自分の足音のように感じる。停留所は、京都御苑の北側に延びる今出川通にある。通りを隔てて京都御苑の向かい側には、同志社大学のキャンパスが広がっている。

今出川御門の前まで来ると、千代は、目の前にある交差点を同志社がある北側に渡った。すぐ先が、大学の正門だ。さっきのカップルは、すでに構内に消えていた。

門の脇にある警備員の詰め所に顔を向けると、千代は、中にいる女性に頭を下げた。女性警備員もお辞儀を返してくれる。千代は警備員たちと顔馴染《なじ》みなのだ。

構内には、基本的には大学に用事がある者しか立ち入れないことになっているのだが、千代は顔パスで通してもらえる。向かう場所も目的もわかっているからだ。大学側は、大らかな態度で、構内に入ることを許してくれていた。

赤茶けた煉瓦《れんが》で覆われた荘厳な建物の間を抜けると、キャンパスの中央を東西に貫く広い通りに出る。色とりどりの服を身に着けた若者たちが、楽しげに行き交っている。たまに物珍しげに千代を見る者もいるが、ほとんどの学生は目もくれない。若者たちは青春を謳歌《おうか》することで忙しい。

広い通りを中ほどまで進むと、千代は北側に曲がり、建物の間に作られた脇道に入った。ほどなく、右手に、ハングルと日本語で詩が刻まれた石碑《せきひ》が見えてくる。太平洋戦争中の一時期、同志社に留学していたことがある、「尹東柱《ユンドンジュ》」という韓国の国民的な詩人を記念して建てられたものだ。

千代には、東柱との思い出があった。当時十歳の千代にとって、それは宝石のようにまばゆく輝く思い出だった。

ところが、数年前から、その記憶があやふやになり始めた。それまでは、思い出そうとすればいつでも、昨日のことのように鮮やかに記憶を甦《よみがえ》らせることができたのに、今では頭の中に霞《かすみ》がかかっているかのように、何もかもがぼんやりしている。東柱の清々《すがすが》しい笑顔も、二人で交わした会話も、下宿の部屋の様子も、それがまるで幻のように感じることがある。東柱という人物が本当にいたのかどうかさえ、自信が持てなくなるときがあった。

千代は、自分がボケ始めていることがわかっていた。このままでは、東柱の記憶はどんどん薄れ、頭の中から消えていく。

だから、千代は、こうして週に何度も詩碑《しひ》を訪れる。東柱が実在していたことを確かめるため、記憶をきちんと取り戻すために。

詩碑を前にすると、薄れかけていた記憶が甦ってくる。

序詩

死ぬ日まで空を仰ぎ
一点の恥辱《はじ》なきことを、
葉あいにそよぐ風にも
わたしは心痛んだ。
星をうたう心で
生きとし生けるものをいとおしまねば
そしてわたしに与えられた道を

歩みゆかねば。

今宵も星が風に吹き晒される。

石碑に刻まれたその詩を読み返す度に、文机《ふづくえ》に向かってペンを走らせていた東柱の姿が瞼《まぶた》の裏に浮かぶ。そして、「ああ、やっぱり東柱さんはいたんやな」と思う。東柱を思って、千代は涙を流す。

1

人生の最初のつまずきは、父親がつけたという「東柱《とうちゅう》」というおかしな名前のせいだと思う。小学校に上がった頃から、東柱は、名前のことでからかわれるようになった。

もちろん、名前だけが問題だったのではない。母ひとり子ひとりの貧しい家庭で、給食費が払えなかったり、破れた服を着続けたりしていたことでいじめの標的にされたのだ。「トーチュー」という珍しい響きの名前は、本人をいたぶるには恰好《かっこう》の材料だったのだろう。同級生や上級生は、周りを取り囲み、「トーチュー、チュー、チュー」と口をすぼめて連呼しながら、ゲラゲラと笑い合った。

どうして自分はこんな変な名前なのか、と母に訊《き》いたことがある。母は、それは韓国の偉い詩人の名前で、お父さんが一生懸命考えてつけてくれたのだと答えた。

父は在日韓国人で、平成九（一九九七）年に東柱が生まれたときには、すでに家にいなかった。母は、「お父ちゃんは、今は仕事の都合で韓国に住んでるけど、いずれ日本に帰って来るから」と言い続けていた。その言葉を信じていたのは、小学校二年生ぐらいまでだったろうか。同級生の中には離婚して父親のいない子もいたから、自分も同じなのだろう東柱は思うようになった。

貧乏ではあったが、母は愛情を注いでくれたし、仲の良い友だちも何人かいたから、東柱は孤独ではなかった。学年が上がるにつれて名前のことでからかわれることも少なくなり、いじめもなくなった。

状況が一変したのは、小学校四年生のときだ。突然、父が帰ってきたのだった。狭い棺《ひつぎ》の中に横たわって。

父は、ちんぴらにからまれて喧嘩《けんか》になり、逆にその男を殺して刑務所に入っていたのだと、初めて母から知らされた。東柱が生まれた直後のことだったらしい。十年を獄中で過ごし、仮釈放を間近に控えていながら、くも膜下《まくか》出血で急死したのだという。

母は、父は何も悪くない、絡んできたのは相手のほうなのだ、と泣きながら話したが、東柱は、その言葉をそのまま信じることはできなかった。棺に納められた遺体の首筋に、刺青《いれずみ》が見えていたからだ。母は、父はやくざではないと繰り返していたが、それが嘘だということは子どもでもわかった。

ほどなく、父はやくざ同士の喧嘩で相手を殺してしまったのだという噂《うわさ》話が、東柱の耳にも聞こえてきた。刑務所で死んだのも、殺されたやくざの仲間に仕返しをされたからだという、根も葉もない噂も立った。

再び、いじめが始まった。仲良くしていた友だちも、東柱の許《もと》から去っていった。――やくざの人殺しの息子が、韓国の偉い詩人と同じ名前やて。

中学生の不良グループからそう言われて笑われたときは、思わず摑《つか》みかかっていた。当時住んでいたのは、在日韓国朝鮮人が多く住んでいるところだったから、「東柱」が韓国で有名な詩人だということを知っている者は少なくなかった。それが再びからかいの種になっていた。

中学生にかなうわけもなく、東柱は、簡単に叩《たた》きのめされ、ぼろ雑巾のように道端に捨てられた。歯を食いしばって涙をこらえ、這《は》うようにして家に帰った。当時住んでいたのは、四階建ての古い市営住宅だった。

自分を騙《だま》していた母も、やくざで人殺しの父も、そして自分の名前も――、全てが憎かった。できることなら「東柱」という名前を棺に入れて父親といっしょに葬り、母を置いて家を出て行きたかった。違う名前と違う場所で、全く違う人生を始めたかった。

父の出所を待ち続けていた母は、腑抜《ふぬ》けのようになってしまった。仕事にも行かず、家事もせず、昼から酒を呑《の》み、ふらりと出かけて何日も帰らないこともあった。その頃、まともな食事は学校の給食だけだった。

東柱は、近所にある小さな商店で万引きを繰り返すようになった。店の人間は、普段は奥の部屋に引っ込んでいることが多いのか、姿が見えないことが多かった。たまに店番らしい婆さんが薄暗い店の奥で椅子に座っていたが、いつもこっくりこっくりと舟を漕《こ》いでいた。東柱は、毎日のように菓子パンやカップ麺やチョコレートを盗み、カーテンを閉め切った薄暗い部屋で、むさぼるようにしてそれを食べた。

中学生になると、東柱はグレた。木屋町《きやまち》辺りを根城にしている半グレグループの使い走りになり、同じ中学生をカツアゲしたり、オヤジ狩りをしたりして小遣いを稼いだ。対抗するグループとの喧嘩に駆り出されることもあった。

そんな東柱の様子を見て、母は、ようやく正気を取り戻した。泣きながらこれまでのことの許しを請い、グループから離れるよう繰り返し説得した。東柱は聞く耳を持たなかった。

中学三年のときはほとんど授業に出なかったが、学校は卒業証書をくれた。中学を卒業したその日、東柱は家を出た。

これまで女手《おんなで》ひとつで育ててくれた母に、感謝の気持ちがなかったわけではない。母を捨てていくようで、いくらかは心が痛んだ。でも、家からも町からも、一刻も早く出て行きたかった。

東柱は、木屋町の半グレグループの正式メンバーになった。身体《からだ》は大きかったし、顔つきも大人びていたから、年齢を十八歳と偽り、兄貴分に紹介された風俗店やガールズバーで、店員として働いた。酒を覚え、クスリにも手を出した。母には、数ヶ月に一度、公衆電話から電話をかけ、元気でやっているとだけ伝えた。

十九歳のとき――、警察の一斉摘発でグループは解散に追い込まれた。東柱たち数人のメンバーは、兄貴分の知り合いを頼って大阪のミナミに移った。新たに加入したグループでは、みかじめ料や闇金の取り立て、生活保護受給者目当ての詐欺行為など、暴力団の仕事を手伝った。

組員になるよう誘われることもあったが、東柱は、それだけは断り続けた。刺青を入れることもしなかった。父親と同じになりたくなかった。やくざにさえならなければ、いつでも普通の生活に戻ることができるはずだと思っていた。

いずれは足を洗うのだと自分に言い聞かせながらも、東柱は、ずるずると裏の世界にはまり込んでいった。

2

同志社大学の他に、千代には、通い続けている場所があった。かつて尹東柱が住んでいた下宿跡だ。

田中高原町《たなかたかはらちょう》にあるその場所には、今では「京都芸術大学」の学舎が建っている。建物の前には『尹東柱留魂之碑』と刻まれた石柱が立ち、その横にある石碑には、同志社のキャンパスにあるものと同じ「序詩」が、やはりハングルと日本語で刻まれている。

かつてここには「武田《たけだ》アパート」という学生用の下宿があり、歩いて十分ほどのところに千代が暮らした家があった。

石碑の前に立つと、千代は目を閉じ、手を合わせた。ここで過ごしたときのことが、徐々に脳裏に甦ってくる。

目を開け、眼前に聳《そび》える建物を見上げる。

千代の頭の中で、コンクリートのビルが、木造二階建てのアパートに変化していく。煉瓦造りの門柱があり、その間を抜けると玄関があった。玄関の扉を開ける、まだ幼い自分の姿が見えた。

＊

初めて東柱と出会ったときのことを、千代は思い出していた。

千代が母と共に京都に引っ越してきたのは、昭和十七(一九四二)年の十月――、十歳のときのことだ。それまでは、繊維製品の卸問屋で働く父と三人で大阪の船場《せんば》で暮らしていたのだが、父が軍隊に召集されたのをきっかけに、母の実家に移ることになったのだった。父方の祖父母は、すでに亡くなっていた。

引っ越してほどなく、母は、「武田アパート」で下働きをするようになった。アパートは、中庭を囲んでロの字形に建てられた木造二階の洒落《しゃれ》た造りで、全部で五十室ほどもあったから、掃除するだけでも半日がかりだった。学生から様々な雑用を頼まれることもあり、母は、朝から夕方まで忙しく働いていた。

千代は、新しい学校に馴染めず、いっしょに遊んでくれる友だちもなかなかできなかった。口うるさい祖父母と三人で狭い家にいるのは気づまりで、学校が終わると、仕事場まで母を迎えに行くようになった。

アパートの前の道で、千代は、石けりやケンケンパをしながら母を待った。すると、毎日ひとり遊びをしている少女が珍しいのか、アパートに出入りする学生たちが声をかけてくれるようになった。中には、飴やお饅頭などのお菓子をくれる学生もいた。

そのアパートに下宿しているのは、ほとんどが京都大学と同志社大学の学生で、子どもの目から見ても、誰もが頭のよさそうな顔つきをしていた。学生服に身を包んだ凜々《りり》しい男子学生の姿を見ることも、千代の楽しみになった。アパートに住んでいる学生の中の誰かと結婚できたらいいのにと、少女らしい夢も抱くようになっていた。

その日は、アパートの前に着いた途端、雨が降り始めた。最初は、傘を取りに家に引き返そうと思ったのだが、祖母に見つかったら、家にいるように言われるかもしれない。しばらく迷った末、千代は、アパートの中で雨宿りすることにした。

それまでは、建物に入ったことは一度もなかった。母から、入ることを止められていたのだ。でも、千代はずっと、中を見てみたいと思っていた。

雨宿りするだけだから、と自分に言い訳しながら、千代は、煉瓦造りの二つの門柱の間を奥に進み、玄関の扉を開けた。

左右に延びる長い廊下に人影はなく、雨の音だけが静かに建物の中に響いていた。千代は、しばらくの間、下駄箱に囲まれた広い三和土《たたき》に佇《たたず》んでいた。

すると、左手にある階段の上のほうから、微《かす》かに笑い声が聞こえてきた。その楽しげな声に引き寄せられるかのように、千代は、下駄を脱いで廊下に上がった。

左手に進み、階段の前に立って、二階を見上げる。

笑い声に交じって、聞き慣れない言葉が聞こえてきた。朝鮮の言葉だ、とすぐに千代は気づいた。大阪では一度もなかったが、祖父母の家に越してきてから、道端で同じ響きの言葉をたまに耳にすることがあった。この辺りには朝鮮人が多く住みついているのだと、引っ越してすぐに祖母は教えてくれた。母は、アパートにも朝鮮からの留学生がたくさんいると話していた。

聞こえてくる言葉の響きが珍しくて、千代は、もう少し近くで聞いてみたくなった。これまで近所で耳にしたのは、ひそひそ声の会話だけで、これほどはっきりとした朝鮮語のやり取りを聞くのは初めてだった。

そろりそろりと階段を上がる。話し声が大きくなる。

二階に上がり、先に進むと、中庭に面した角部屋から笑い声が聞こえてきた。足を止め、扉の前で耳を澄ます。

中には数人の男子学生がいるようだ。口々に何かを言い合い、甲高い声で笑っている。なんだか、別の国に来たみたいだった。意味はさっぱりわからなかったが、千代もまた楽しい気分になっていた。

どれだけその場にいたのかわからない。いきなり、勢いよく扉が開いた。

詰襟《つめえり》の制服を着た男子学生が目の前に現れた。びっくりした顔で千代を見下ろしている。千代のほうは、あまりの驚きで動くことができない。

学生が部屋の中を振り返り、何か言った。座卓を囲んで座っていた三人の学生が、どっと笑い声を上げる。学生たちは、口々に「かんちょぷ」という言葉を繰り返し、千代を見て腹を抱えるようにして笑った。

ずっとあとになって、千代は「かんちょぷ」は日本語の「間諜《かんちょう》」、つまり「スパイ」の意味だと知った。便所に行こうと扉を開けた朝鮮人留学生は「日本の小っちゃいスパイが部屋の外で聞き耳を立てている」と仲間に報告したのだ。

突っ立ったまま動けないでいる千代に向かって、座卓の中央に座っている学生が手招きした。

「そんなとこにいないで、入ってきなさい」

発音はちょっとだけ変な感じがしたが、ちゃんとした日本語だった。便所に向かう学生に背中を押され、千代は中に入った。

六畳一間の狭い部屋だった。奥の壁際には文机が置かれ、その横の大きな棚には本がぎっしり詰まっている。棚に入りきらない本もたくさんあり、それは畳の上に積み重ねて置かれていた。

手招きしてくれた学生は、とてもきれいな顔立ちをしていた。座卓を挟んで向かい合って座り、間近にその顔を見ると、千代はドキドキした。

「僕は、平沼東柱《ひらぬまとうちゅう》といいます。この部屋に住んでいます」

学生は、丁寧な口調で自己紹介した。

「あなたは？」

「柿沼千代」

うつむき、囁《ささや》くような声で答える。

「どうして、ここに来ましたか？」

「あ……」

千代は口ごもった。なんと説明したらいいのかわからない。

「かんちょぷ！」

学生のひとりが囃《はや》し立て、もうひとりが声を上げて笑った。

たしなめるような目で学生を制すると、

「そこで何をしてたんですか？」

東柱は、質問を変えた。

「お母ちゃんがここで働いてて……、仕事が終わるんを待ってました」

やっとのことで千代が答える。

「ひとりで？」

「はい」

「友だちと遊ばないんですか？」

千代は、引っ越してきたばかりでまだ友だちはいないと、しどろもどろになりながら説明した。

「僕も、十月に引っ越してきたばかりです。同じですね」

自分と同じと言われて、千代は顔を上げた。

東柱は笑っている。なんだか嬉《うれ》しくて、千代も笑みを返した。

それから、学生たちは、千代の歳《とし》や、家族のこと、家の場所、学校のことなどを、代わる代わる訊いてきた。答えるごとに千代は慣れてきた。声も大きくなった。仲間に入れてもらえたようで嬉しかった。

気がつくと、ずいぶん時間が経《た》っていた。外で母が待っているかもしれない。千代は慌てて立ち上がった。

「またいらっしゃい」

部屋を出て行くとき、東柱が声をかけてくれた。

それが、日本名「平沼東柱《とうちゅう》」、本名「尹東柱《ユンドンジュ》」との初めての出会いだった。

*

――またいらっしゃい。

東柱のやさしい声が頭の中で聞こえた。あのときの、弾むような気持ちが胸に甦る。

千代は、目の前にある学舎の出入口に目を向けた。

煉瓦の門柱が目に浮かんだ。二つの門柱の間から満面の笑みで走り出てくる自分の幻が見えた。

東柱の石碑の前で、千代は微笑んだ。

3

セカンドバッグに金を詰め終えると、東柱は立ち上がった。

「兄貴」

テーブルの向こうに座っている男に声をかける。片桐《かたぎり》という、グループの幹部のひとりだ。

十畳程の広さのリビングに置かれた二つの長方形のテーブルには、固定電話機がそれぞれ数台ずつ並んでいる。つい一時間ほど前までは、数人のかけ子が電話をかけまくっていたが、午後九時を回って、今、部屋にいるのは、片桐と東柱の二人だけだ。

オレオレ詐欺で奪った金を、これから組の事務所に届けることになっている。今日は二件成功し、五百万円余りを手に入れた。ここ数ヶ月では最高の稼ぎだった。

しかし、片桐は動こうとしない。緊張に強張《こわば》った顔つきで、何か考え込んでいる。

「どうしたんすか？」

東柱は眉をひそめた。

テーブルの上のバッグを引き寄せると、片桐は、中から帯封のついた札束をひとつ取り出した。

「やるよ」

東柱に向かってそれを放り投げる。

東柱は、驚きに目を見開いた。

「なんすか？」

目の前の百万円と、テーブルの向こうの片桐を見比べる。

「俺は、飛ぶことにした」

片桐は、バッグを摑んで立ち上がった。

「飛ぶって……」

「ヤバイんや。ギャンブルで借金こさえてもうて。もう逃げるしかあらへん」

「なに言ってるんすか」

東柱は、片桐の前に立ち塞がった。

「組には、今から金持ってくって言ってるんすよ。そんなんしたら、下手《へた》したら殺されますよ。俺もただじゃ済まされへん」

「お前も逃げろや」

「アホなこと言わんといてください」

たった百万円ぽっちで、命を懸けられるわけがない。

「考え直してください。こんなん無茶苦茶や」

「ほんまに、もうあかんのや」

片桐がギャンブル好きで、借金があることは知っていた。しかし、それほど切羽《せっぱ》詰まっているとは思っていなかった。

「組に頭下げて、なんとかしてもらえるよう頼んでみたら――」

「アホ！　そんなことできるかい。ボコボコにされて放り出されるんがオチや。もう決めたんや。俺は飛ぶ」

言いながら横をすり抜けようとする。

「待てや！」

声を荒らげると、片桐の腕を摑んだ。

「離せや！」

片桐が睨《にら》みつける。しかし、行かせるわけにはいかない。

東柱の腕を振りほどくと、片桐は、スタジャンのポケットからナイフを取り出した。いつも持ち歩いている飛び出しナイフだ。スイッチを押して鋭い刃を出すと、威嚇《いかく》するように突き出した。東柱が一歩退く。

惜しくなったのか、片桐は、テーブルに手を伸ばして百万の札束を摑んだ。それをポケットに突っ込む。

ナイフを東柱に向けたまま、片桐は、リビングのドアに向かってじりじりと歩き始めた。

――ふざけやがって。

頭に血が上った。

片桐には、これまでさんざんコケにされてきた。子ども程度の知能しかないような男だから、名前のことでもバカにされ続けた。「トウチュウ」ではなく「トンチュウ」と呼んだり、「チュウチュウ」と呼ぶよう仲間に命じたりして喜んでいた。こんな男のために命を危うくするなどまっぴらだ。

油断させるために、東柱は両手を上げた。そのまま後ずさる。

片桐は、ナイフを持つ右腕を突き出したまま、左腕をリビングのドアノブに伸ばした。左手にはバッグを持っているので、ノブがうまく回せない。焦った様子で、視線を手元に向ける。

弾《はじ》かれたように身体を反転させると、東柱は椅子を摑んだ。それを振り上げながら、ドアの前に立つ片桐に向かっていく。

振り返った片桐の顔がひきつった。その肩口に振り下ろす。

木製の椅子の脚が一本折れて飛んだ。悲鳴を上げながら、片桐がうずくまる。しかし、ナイフは離さない。

もう一度振りかぶり、その脳天に椅子を叩きつける。

ゴキッ――、という嫌な音がして、片桐は、その場に崩れ落ちた。

床に落ちたナイフを蹴り飛ばし、胸倉を摑んで引き寄せる。

「おめえ、ふざけんな!」

怒声を浴びせたが、片桐は反応を示さない。目を閉じたまま、ぐったりと足を床に伸ばしている。

すると、耳の穴から血が流れ落ちた。東柱は、ぎょっとして手を離した。

片桐の上半身がぐらりと傾き、ゆっくり床に崩れ落ちる。そのままピクリとも動かない。

呆然としながら、東柱は、その場に尻もちをついた。全身から血の気が引いた。

不意に、棺桶に入れられて帰ってきた父親のことが頭を過《よぎ》った。やくざ同士の喧嘩で、父は相手を殺した。

——オヤジと同じにはならへんと決めていたはずやのに、だから、やくざにはならへんかったのに……。

東柱は混乱した。頭の中では、棺桶に横たわる父親の顔が、自分の顔と入れ替わっていた。

逃げなければ、と思った。組に助けを求めても、おそらく無駄だ。殺人の尻拭いなど、してくれるわけがない。刑務所になど絶対に入りたくない。

床に落ちたバッグの中の金と、片桐のスタジャンのポケットの札束を夢中で掴み出し、自分のブルゾンのポケットに突っ込んだ。

片桐は、床に伸びたまま動かない。振り切るように顔を背け、リビングを飛び出す。

エレベーターは使わず三階から階段を駆け降り、エントランスのドアを押し開けてビルの外に飛び出す。築三十年以上の古いマンションだから、防犯カメラのようなものはないはずだった。

とりあえず大阪からは離れようと決めた。自分のアパートに寄っている暇はない。最寄りのＪＲ天王寺《てんのうじ》駅に向かって走った。

金を持ってきてしまったことを、東柱は後悔し始めていた。この状況では、自分が金を奪って逃げていると組に勘繰られてしまう。警察と組の両方から追われることになる。

しかし、もう遅い。逃げるしかない。

天王寺駅に着く直前、一一九番に通報することを思いついた。片桐が本当に死んだのかどうか、ちゃんと確かめたわけではない。早く措置《そち》をすれば、もしかしたら、息を吹き返すことがあるかもしれない。できれば人殺しにはなりたくない。

歩道脇で立ち止まり、スマホを取り出した。しかし、途中で操作をやめた。相手に記録が残ってしまう。

また走り出し、天王寺駅の構内で公衆電話を探した。壁際に並んだ緑色の電話機は、長い間手入れをしていないのだろう、ところどころ色が剝《は》げ落ち、黒ずみやひっかき傷が目についた。東柱自身、公衆電話を使うのは久し振りだった。

相手が出ると、受話器を手のひらで覆い、周りに声が漏《も》れないようにして、マンションに怪我人《けが》がいることを告げた。名前を訊かれたが答えず、そのかわり「早くしないと死んでしまう」と言って受話器を置いた。

天王寺から大阪駅に出て、気づいたときには京都行きの新快速に乗っていた。捨ててきたはずなのに、京都が懐かしかった。今後のことは、自分がよく知っている場所で落ち着いて考えるほうがいいかもしれないとも思った。

京都に帰るのは、五年振りだった。

4

千代は、毎日、胸を弾ませながら武田アパートに向かった。

東柱は、いつも部屋にいるとは限らない。会えるのは、せいぜい一週間に一度か二度くらいのもので、ガッカリすることのほうが多かった。でも、会えたときの嬉しさは格別だった。

アパートの前に着くと、周辺に人がいなくなるのを待って門をくぐり、そっと玄関の扉を開けた。廊下に母の姿がないのを確かめてから下駄を脱ぎ、廊下を進み、忍び足で階段を上がる。ちょっとした冒険をしているようで、いつも胸がドキドキした。

二階の廊下に人の姿があるときには、うつむいて東柱の部屋の前を通り過ぎた。学生から「誰かに用事?」と声をかけられることもあったが、黙ったまま歩き続けた。悪いことをしているわけではないが、東柱の部屋に出入りしているのを知られるのはなんだか恥ずかしかった。

廊下に人影がないのを確かめてから、扉を軽く叩いた。中に東柱がいるときには、「お入り」とやさしい声がした。

ひとりで部屋にいるとき、東柱は、たいてい文机で書き物をしているか、畳に寝転んで本を読んでいた。タバコが好きらしく、部屋にはいつも煙が漂っていた。

千代が行くと、東柱は、それまでしていたことをやめて遊んでくれた。東柱はやさしかった。

二人でトランプやおはじきをしながら、いろいろな話をした。

千代が故郷のことを訊くと、

「山に囲まれていて、田んぼと畑ばかりで、なにもないところだよ」

笑いながらそう答えた。

千代を見ると、故郷で暮らしているまだ幼い妹と二人の弟のことを思い出すのだという。東柱にとって、千代は、妹たちの代わりだったのかもしれない。

どうして日本に来たのか、という千代の問いに、東柱は珍しく言い淀《よど》んだ。そして、日本にはいい先生がいるから、とだけ答えた。

「京都に来たんは、なんで？」

「京都に来る前は東京の大学で勉強していたんだけどね。先生の勧めで同志社に移ることにしたんだ」

「ふうん……」

そのときには、引っ越しばかりで大変だな、と思っただけだった。当時の政治状況など、まるでわかっていなかった。

ずっとあとになってから、千代は、東柱が京都に来たのは、朝鮮人留学生への軍部の締め付けが東京で激しさを増していたからだと知った。東京に比べれば、京都には、まだ自由があったらしい。

「京都はいいところだね」

東柱はそう言ったが、千代は、その頃はまだ京都を好きになれなかった。大阪船場の明るく賑《にぎ》やかな雰囲気と違い、京都は暗く静かだったし、京都弁にも馴染めなかった。

たまに、東柱の他に、同じ下宿に住んでいる学生が部屋にいるときがあった。最初の数ヶ月は、朝鮮人だけでなく、日本人も交じっていた。東柱は、自分の友だちだと千代を紹介してくれ、いつでも気軽に仲間に入れてくれた。学生たちは、ふかしたさつまいもや干し芋などを持ち寄ることがあり、千代もお相伴にあずかった。

千代にとって、東柱との時間はかけがえのないものだった。おしゃまな少女にとって、それは初恋だった。

京都大学に留学している東柱のいとこが、友だちに借りたという写真機を持ってやって来たことがあった。二人は、同じ故郷で兄弟のように生まれ育ったといい、とても仲がよさそうだった。家族に送るために写真を撮ろうと、いとこは東柱を近くの広場に誘った。そこでは、東柱だけでなく、千代も、名札のような紙を胸にぶら下げて写真機の前に立たされた。いとこも、東柱も、千代を見て笑っていた。

年が明けると、日本の敗色がいよいよ濃くなった。

東柱の部屋では日本人を見かけなくなり、朝鮮人の学生たちも、以前のように大声で笑ったり話したりすることがなくなっていた。静かなので東柱しかいないだろうと思っていきなり扉を開けると、数人が顔を寄せ合ってひそひそ話をしているというようなこともあった。そんなとき、東柱は、「ごめんね。今日は遊べないんだ」と、申し訳なさそうに言った。

大学生も兵隊にとられるようになり、アパートでは、歯が抜けるように空き部屋が増えていった。

それでも、毎日、千代はアパートに通い続けた。東柱の顔を見ないと不安で仕方がなかった。子どもながらに、よくないことが起きる予感がしていた。

七月になり、暑い日が続いていたある日――。いつものように部屋に行くと、東柱のいとこをはじめ、数人の留学生が集まっていた。扉を開けた途端、普段と全く違う張りつめた空気を感じた。千代を振り返った学生たちの顔は、東柱以外、みんな鬼のようだった。

思わず泣き出した千代の許に歩み寄ると、東柱は、「ごめん、ごめん」と謝りながら頭を撫《な》でてくれた。

千代の手を握り、いっしょに階段を降りる。

玄関で下駄を履かせると、東柱は目の前にしゃがみ、

「しばらく部屋には来ないで」

真《ま》っ直《す》ぐ千代を見ながら言った。どこか、思いつめたような表情だった。

――もう二度と、東柱さんと会えへんくなるかもしれへん。

ふと、そんな気がした。

くるりと踵《きびす》を返すと、千代は玄関を飛び出した。

そして、泣きじゃくりながら家までの道を走った。

＊

ベッドに横たわると、千代は、東柱の詩集のページをめくった。

明かりを消した部屋の中、サイドテーブルに置いたスタンドの明かりが、余白の多いページに綴《つづ》られた黒い文字を浮かび上がらせている。

「たやすく書かれた詩」という作品の一節が、目に飛び込んできた。

六畳部屋は他郷《よそ》の国
窓辺に夜雨がささやくが、

燈火《あかり》をつけて　暗闇を少し追いやり、
時代のように訪れる朝を待つ最後の私、

私は　わたしに小さな手をさしのべ

涙と慰めで握る最初の握手。

読み返す度に、寂《さみ》しい詩だと思う。
他郷の国のあの狭い部屋で、東柱は寂しかったのだろうか。
あのやさしい笑顔の裏には、どうしようもない孤独が隠されていたのだろうか。
千代は、すでにボロボロになっている詩集のページをめくる。
読むというより、文字をぼんやり眺めているうちに、少しずつ意識が薄れていく。
千代は、浅く、苦しい眠りに落ちる。

5

東柱は、京都駅近くのネットカフェで夜を明かした。
何度検索しても、片桐についての記事は出てこなかった。事件は、まだ表沙汰にはなっていないということだろうか。片桐が死んだのか、生きているのかだけでも早く知りたかった。

一睡もせずに考え続けたが、これからどこに行くかも決めかねていた。関西からは離れたほうがいいということはわかっていたが、東柱は、生まれてから一度も関西の外に出たことがなかった。

朝になり、他の宿泊客がバタバタと活動を始めても、東柱は、パーテーションで区切られただけの個室から動くことができなかった。これからどうすべきか、迷っていた。

――逃げるんなら、人の多い東京か、あるいは、いっそのこと沖縄か北海道か。

いずれにせよ、いったん離れたら、二度と戻って来られないかもしれない。

母のことが頭にちらついた。

働きづめに働いて自分のことを育ててくれたのに、ずっと親不孝をしてきた。涙を流しながら、悪い連中と付き合うのはやめてくれ、と訴えた姿が脳裏に浮かんだ。

中学を卒業してすぐに家を飛び出してから、一度も母には会っていないし、ここ何年かは電話もしていなかった。今、母がどんな暮らしをしているのか、全くわからない。

とりあえず家に帰ってみよう、と東柱は決めた。生活が苦しそうだったら、札束をひとつ置いてきてもいい。警察にしても、組にしても、そんなに早く実家の場所を突き止めることはできないだろう。今から行けば待ち伏せされることはないはずだ。

東柱は、ネットカフェを出た。近くのショッピングセンターで小さなリュックを買い、金を全部そこに移すと、京都駅前からタクシーに乗った。

車窓から見える東山《ひがしやま》は、紅葉の真っ盛りだ。鴨川《かもがわ》沿いに続く桜並木も、赤く色づいている。川端《かわばた》通を、目的地である出町柳《でまちやなぎ》に向かって北に走る。

十五分ほどで、「鴨川デルタ」と呼ばれる三角州が見えてくる。そこで、川は東西二つに分岐する。西が「賀茂川《かもがわ》」、東が「高野川《たかのがわ》」で、高野川に沿って進むと、すぐに叡山電鉄出町柳駅の横に出る。東柱は、そこでタクシーを降りた。

高野川を背に、駅前の通りを東に向かう。子どもの頃、何度も行き来した道だ。懐かしさがじわじわと胸に湧いてくる。

「柳月堂《りゆうげつどう》」という老舗《しにせ》のパン屋の前を通り過ぎると、正面に小さな教会があり、道はそこで二つに分かれる。右に進むと、京都大学の広大なキャンパスに行き着く。左に折れてしばらく進めば、そこは市営住宅のビルが建ち並ぶ地域だ。廃墟寸前と思えるような低い住宅もあれば、新しく立て替えられた高層ビルもある。

東柱が生まれ育ったのは、古いほうの住宅だ。その前に立つのは八年振りだった。

ビルの端にある狭い入口をくぐって階段を二階に上がり、開放廊下を中ほどまで進む。階段も廊下も壁も、以前とほとんど変わっていないように見える。時間が、一気に子どもの頃に引き戻される。

見慣れたドアの前に立つと、東柱は、チャイムボタンを押した。ピンポーン、と軽やかな音が室内から聞こえた。しかし、誰も出てこない。今度は、続けて二度押す。ピンポン、ピンポンと音が響く。やはり、なんの応答もない。

ドア横の、すりガラスの窓に顔を近づける。その向こうにはキッチンがある。部屋の中は暗く、すりガラスを通してうかがう限りでは、人の姿はない。時刻は午前十一時を過ぎたところだ。

東柱が家を出る前、母は、午前六時から午後一時ぐらいまで弁当屋で調理と販売の仕事をし、一旦帰って仮眠をとったあと、夕方から夜遅くまで居酒屋で働いていた。当時と同じ暮らしなら、この時間はまだ働いている。もし日中の仕事に変えていたとしても、この時間にはいないだろう。自分がうかつだった。

ただ、表札が出ているわけではないから、母がまだここに住み続けているのかどうかはわからない。引っ越した可能性もある。

スマホを取り出すと、東柱は、自宅の固定電話の番号を入力した。

ほどなく、室内から微かに呼び出し音が聞こえてきた。母はまだここに住んでいる。

呼び出し音が途切れると、留守電に切り替わった。何かメッセージを残すべきかどうか迷ったが、結局やめておいた。何を話したらいいのかわからない。東柱は電話を切った。

母が働いていた弁当屋の場所はわかっているが、そこに行くのはためらわれた。他の従業員に姿を見られたくなかった。

どうすべきか、手すりに寄りかかってしばらく考えたあと、リュックから札束をひとつ取り出した。廊下に誰もいないことを確かめてから、ドアの下に開いている郵便受け用の穴にそれを突っ込む。

いずれ警察がここにも来るはずだから、金の出どころは嫌でも知ることになる。百万をどうするかは、母次第だ。

ドアに向かってひとつため息をつくと、東柱は歩き出した。足早に廊下を進み、階段を駆け降り、ビルの外に出る。

万が一にも知った人間と顔を合わせたくなかった。うつむき、肩をすぼめて、小走りにその場を離れた。

高野川を渡ると、すぐ北側に下鴨神社がある。足は自然とその方に向いた。子どもの頃は、神社の南側にある糺《ただす》の森でよく遊んだし、元旦には、毎年、母といっしょにここに来た。

母は毎年、長い時間をかけて真剣な表情で祈っていた。もしかしたら、神さまに、一日も早い父の出所を頼んでいたのかもしれない。

祈る母の姿を思い浮かべながら本殿の前で手を合わせ、目を閉じた。これからどうするか、そろそろ決断しなければならない。

しばらくの間考えを巡らせたあと、結局東柱は、東京に行くことに決めた。身を隠すには、やはり人が多い場所のほうがいい。それからのことは、東京に着いてから考えればいいだろう。

目を開けると、くうう、と腹が鳴った。そのとき初めて、昨夜から何も食べていないことに気づいた。

近くにある出町桝形《ますがた》商店街に向かい、子どもの頃、母に連れられて何度も行ったことがあるうどん屋に入った。母が注文するのは、いつも「鯖寿司ときつねうどんのセット」だった。

同じものを食べ、店を出ると、今出川通を京都御苑がある西に向かった。十分ほど歩けば、烏丸通との交差点に地下鉄の駅がある。紅葉の時期だから、タクシーはなかなか拾えないだろうし、道も混んでいる。京都駅に出るには、地下鉄が一番早いだろうと思った。

今出川通の南には京都御苑、北には同志社大学のキャンパスがある。大学に近づくにつれ、若者の姿が目につくようになった。

同じ年頃ではあるが、彼らは東柱とはまるで違う。住む世界自体が違うのだ。

今となっては手遅れだが、学生たちのような自由で楽しい青春時代を送りたかった。自分の青春は、どす黒いヘドロのようなものだ。抜け出そうとしてもズブズブとまた沈んでいくしかない。そこには、吐き気を催す嫌な臭《にお》いしかしない。

楽しげな学生たちのグループとすれ違いながら同志社の前を歩いているとき、東柱は、不意に、キャンパスの中に「尹東柱」の石碑があることを思い出した。それを教えてくれたのは母だったが、一度も行ったことはない。それどころか、東柱は、尹東柱がどんな人物なのかほとんど知らない。「東柱」は、自分にとって忌まわしいだけの名前だった。だから、それがどんな人物なのか、十八歳でスマホを手にしてからも、一度も検索したことはない。

ふと、自分と同じ名前の詩人はどんな人生を送ったのだろうと考えた。さぞかし輝かしい青春時代だったのだろう。

東京に着いたら、名前は捨てようと思っていた。全然違う名前に変え、東柱とは別人として生きるつもりだった。

そうなると、逆に、自分の名前の由来になった尹東柱のことが気になり始めた。

地下鉄の駅は、大学のキャンパスの先にある。

東柱は、大学の門の前で足を止めた。最後に一度だけ寄ってみようと思い立った。名前を捨てる記念だ。

学生たちに紛れて、東柱は学内に入った。

キャンパス内に立つ案内板を見て石碑のある場所を確認し、その方向に歩き出す。

キャンパスを東西に貫く広い道を中ほどまで進み、北に折れて、建物の間の通路に入る。広い通りを行き交っていた学生たちの姿は、ここにはない。

石碑は、すぐに見つかった。東柱の略歴が黒い石に刻まれている。

その前に佇み、読み方のわからない漢字は飛ばして、文字を目で追う。

『「尹東柱」（ユン・ドンジュ）は、コリアの民族詩人であり、キリスト者詩人である。

一九一七年十二月三十日、当時の中華民国東北部間島省和龍県明東村に生まれ、龍井の恩真中学に在学していた一九三四年頃から詩作を始めた。平壌の崇実中学を経て、ソウルの延禧専門学校（現在の延世大学）に学んだのち、一九四二年渡日した。

同志社大学文学部に在学中の一九四三年七月十四日、ハングルで詩を書いていたことを理由に、独立運動の疑いで逮捕された。裁判の結果、治安維持法違反で懲役刑を宣告され、福岡刑務所に投獄され、一九四五年二月十六日に獄死した。』

東柱は驚いた。

東柱がそんな死に方をしていたとは知らなかった。警察に逮捕されたのは、自分とさほど違わない歳のときだ。

輝かしい青春など、東柱は送っていなかった。

略歴が刻まれた石碑の横には、「序詩」という題名の詩が刻まれている。それを読んでいるうちに、何故か胸が震えた。やくざ者の父が、同じ民族の人間だとはいえ、どうしてこんな高潔《こうけつ》な人物の名前を自分の息子につけたのか、今更ながら疑問が湧いた。

しかし、そんなことはもうどうでもいいと思った。自分は名前を捨てるのだ。

最後に石碑を一瞥《いちべつ》し、踵を返したとき、

「東柱さん」

いきなり名前を呼ばれた。

目の前に立つ人物を見て、東柱は顔をしかめた。

6

一九四三年七月十四日——。予感は現実のものとなった。

東柱に「しばらく部屋には来ないで」と言われてからアパートの中に入ることはやめていたが、千代は、相変わらず母を迎えに行っていた。

その日は、玄関前に見慣れない車が停まっていた。すぐ側には、目つきの鋭い男が立っている。

近所の人が数人、恐《おそ》る恐《おそ》るといった様子で、遠巻きにアパートの様子をうかがっていた。よくないことが中で起きていることは千代にもわかった。ざわざわと胸騒ぎがした。

「朝鮮人を引っ張るみたいや」

背後で、男の囁き声がした。

「政府転覆の計画、立ててたらしいで」

別の男が応える。

この前見た、東柱たちの姿が瞼の裏に浮かんだ。

――東柱さんが警察に捕まる。

助けなければ、と思った。

居《い》てもたってもいられず、千代は、小走りに玄関に向かった。車の側に立つ男がぎろりと睨んだが、千代は無視した。

下駄を脱ぎ捨て、廊下を走る。鼓動が激しく胸を打った。頭の中では、東柱の笑顔が点滅している。

階段を途中まで駆け上がったとき、

「千代！」

下で呼ぶ声がした。誰の声かはすぐにわかった。

立ち止まり、振り返る。

「あんた、ここで何してんねん！」

蒼白な顔で、母が見上げていた。

返事ができず立ち尽くしている千代の許に、母が駆け寄る。

「こっち、来《き》い！」

腕を摑まれ、引っ張られる。上を見たまま、千代は階段を降りた。

「早《は》よ！」

そのまま廊下を進み、下駄を履かせられ、外に連れ出される。

人だかりは増えていた。人の輪の外に引っ張って行かれる。

「中に入ったらあかんて、お母ちゃん言うたやろ！」

目を吊り上げて母は怒鳴った。しかし、その言葉は頭の中を素通りした。千代は、逮捕されるのが東柱でないことを、ただ祈っていた。

玄関から人影が現れた。学生の腕を、背広を着た男が摑んでいる。東柱だった。

――東柱さん。

叫ぼうとしたが、声は出なかった。

しかし、次の瞬間、全身に力が漲《みなぎ》った。東柱を助けなければ、と思った。

母の腕を振りほどくと、千代は、足元に落ちていた拳大の石を拾った。走りながら、腕を振った。石を男にぶつけるつもりだった。男が怯《ひる》んだすきに、逃げられるかもしれない。

石が手を離れる直前、後ろから身体を抱きかかえられた。母だった。石は手を離れ、力なく地面に落ちた。

東柱は、車の後部座席に押し込まれた。

車が動き出す。すぐ横をすり抜けていく。

あとを追って、千代は駆け出した。

しかし、追いつけない。車はどんどん遠ざかって行く。

＊

「東柱さん！」

自分の叫び声で、千代は目を覚ました。

全身にぐっしょり汗をかいていた。ゆっくり上半身を起こし、額の汗を手のひらで拭う。

サイドテーブルに置いた時計を見ると、まだ夜中の二時だった。

東柱が連行されたときの様子は、今でもたまに夢に見る。あのとき、石を投げつけられなかったことを、今でも千代は後悔していた。それで東柱が逃げられたとはもちろん思っていないが、最後に何もしてあげられなかったことが悔しかった。

でも、夢に見る情景が、本当に起きたことなのかどうか、今となっては確信が持てない。全て自分が作り上げた妄想なのではないかと思うときがある。


戦後何十年もの間、千代は、東柱を思い出すことはほとんどなかった。

東柱がいなくなってほどなく、父が戦死したという知らせが届いた。そして、終戦となり、戦後の混乱の中、家族は貧困に喘《あえ》いだ。中学校に通いながら、千代は近所の食堂で下働きをし、学校を卒業すると、扇風機などの電気製品や、トランジスタラジオを製作する工場などで働いた。病気がちの祖父母を抱え、母も千代も、生きていくのに必死だった。

祖父母が相次いで亡くなり、いくらか暮らしが楽になると、母は、韓国人の知り合いのホルモン焼き屋で働き始めた。千代も店を手伝った。

数年後に、千代は店の常連客と結婚したが、夫の暴力に耐えかね、三年で離婚した。子どもはできなかった。

店主が息子夫婦にかわってからも、千代は、ホルモン焼き屋で働いた。母が身体を悪くしてからは、自宅で介護しなければならず、寝る暇もなかった。なんの楽しみもない人生だった。

東柱が有名な詩人だと知ったのは、同志社大学の構内に詩碑が建てられた平成七（一九九五）年のことだ。「尹東柱」という名前を新聞記事の中で見つけた千代は、それが東柱のことだとすぐに気づいた。

東柱との思い出が、溢《あふ》れるように頭の中に湧き出した。遠くで霞《かす》んでいた記憶が、突然鮮明に甦ってきた。それからは、東柱との思い出と彼が遺した詩が、千代の生きる支えになった。

ベッドから出て、布団の上に広げてあるカーディガンを羽織ると、トイレに向かった。小用を済ませ、台所で水を一杯飲み、再び部屋に戻る。布団にもぐり込むと、目を閉じた。眠れないかと思ったが、何度も寝返りを繰り返しているうちに、うつらうつらし始めた。もう夢は見なかった。

次に目覚めたとき、夜中に見た夢の記憶はほとんどなくなっていた。東柱の夢を見たような気はするのだが、いつものように頭には霞がかかっていた。

頭の中にある記憶の壁が、少しずつ剝がれ落ちているような気がする。あちこちで壁に穴が開き、空洞が広がっているように思える。

壁を修復するため、記憶を取り戻すために、千代は、今日も同志社と武田アパートの跡地に向かう。

7

名前を呼ばれて、東柱は顔をしかめた。

目の前に、見知らぬ老婆が立っていた。

薄汚れたベージュのジャンパーに黒っぽいスラックス、かかとのないズック靴。両手は、老人用のショッピングカートのハンドルを握っている。

老婆は、八十歳は優に超えているように見える。シミだらけの顔は皺《しわ》くちゃで、ざんばらの白髪は地肌が透けて見えるほど薄く、腰は、カートにすがらなければ立っていられないのではないかと思えるほど曲がっている。

「東柱さん」

老婆は、再び名前を口にした。

東柱は、まじまじとその顔を見つめた。

――なんで俺の名前を知ってるんや。

そこまで考え、東柱は気づいた。ボケているのだ。

老婆は、詩人の東柱にゆかりのある人物なのかもしれない。石碑の前に立つ自分を、東柱の幽霊だとでも思っているのではないか。

老婆は、焦点の合わない視線を、東柱とその背後にある石碑に漂わせている。やはりボケている。

無視することに決め、黙って横を通り過ぎようとした。すると、老婆は、カートのハンドルから片手を離し、東柱の腕を摑んだ。

ぎょっとして顔を向けると、バランスを崩したのか、老婆の身体が傾いた。そのまま横向きに倒れそうになる。

慌ててその細い身体を抱きとめると、老人特有の加齢臭が鼻を衝《つ》いた。ひどい臭いだった。

老婆のカートは、前が椅子のようになっている。疲れたとき腰を下ろせるように作られているのだろう。息を止めながら抱きかかえ、やっとのことでそこに座らせる。

「おばあちゃん、東柱さんのこと知ってんの？」

興味を感じて訊いた。こんな状態で、たったひとりでここまで来るのはよほどのことだ。

「知ってますよ」

石碑に目を向けたまま、老婆は答えた。

「ほんまに？」

東柱は驚いた。

「はい。ほんまです」

老婆がうなずく。

ここに来るまで、尹東柱のことは、伝説の人物であるかのように思っていた。でも、よく考えてみれば、東柱のことを知っている人がまだ生きていてもおかしくはない。

「おばあちゃん、東柱さんと会《お》うたことあんのか？」

「ありますよ。東柱さんは友だちでした」

「友だち？」

これには驚いた。しかし、ただの妄想とも考えられる。

続けて尋ねようとしたとき、ポケットの中でスマホが振動した。

後ろ髪を引かれるような思いで老婆から離れ、画面を確認すると、自宅からだった。母が帰って着信に気づき、リダイヤルしたのだろう。時刻は午後一時半。弁当屋の仕事を終えて帰ったということか。

わずかに迷ったが、東柱はスマホを耳にあてた。

〈あんた、東柱か？〉

いきなり、切羽詰まったような母の声がした。

「ああ」

ぶっきらぼうに応える。

〈お金は、あんたやな〉

「ああ」

〈あんた、何をしたんや〉

東柱は唇を噛んだ。

どうせすぐにわかることだとはいえ、人を殺して逃げているのだと、自分の口で告げるのはためらわれる。

〈何をしたのか、訊いてるんや〉

震える声で、母は繰り返した。

黙ったままでいると、

〈あんた、今、どこにおるんや〉

泣きそうな声で続ける。

「京都」

〈今から帰ってき。お願いやから、いっぺんだけ顔見せて〉

東柱は目を閉じ、しばらくの間、どうすべきか考えた。そして、帰ろうと決めた。元々、母の顔を見るためにここまで来たのだ。

「わかった。今から行く」

それだけ告げると、スマホを切った。

振り返ると、老婆がじっとこっちを見ていた。

「ごめん、おばあちゃん。俺、すぐ家に帰らなあかんから」

手を振りながら踵を返す。

東柱は、老婆を残して歩き出した。

8

久し振りに入る自宅の中は、全くといっていいほど変わっていなかった。

四畳半の東柱の部屋も、昔のままだった。窓際の机の上に置かれたゲームソフトも、ブックエンドに挿し込まれた英語と国語の辞書も、本棚に詰まったマンガ本も、そのままになっていた。

東柱と母親は、丸いちゃぶ台を挟んで向かい合って腰を下ろした。それはいつも食事をしていたちゃぶ台で、東柱がナイフで付けた傷が残っていた。目を伏せ、その傷跡を指でなぞりながら、問われるままにこの八年間のことを話した。

昨夜起きたことを告げると、母は、両手で顔を覆い、声を上げて泣き始めた。

「あんた……、なんで、そんなこと……」

「遺伝や。しゃあないやろ」

東柱は、唇を歪《ゆが》めて笑った。

「なんやて」

手のひらの中から、母が顔を上げる。

「俺には、ろくでもないオヤジの血が流れてるんや。血は争えへんわ」

　母は首を振った。

「あんた、間違ってる」

「何がや」

「あんたのお父ちゃんは、やくざやない」

「まだそんなこと――」

「ウソやない」

　絞り出すような声で、母が遮る。

「お母ちゃんのお腹《なか》にあんたがいるってわかったとき、あの人は、足を洗うて決めたんや。組の幹部に土下座して、殴られても蹴られても耐えて……、有り金全部差し出して……、そんで、やっと組を抜けて……、川崎から京都に引っ越して、運送会社に就職したんや。あの人、朝から晩まで、必死になって真面目に働いてた。あんたに有名な詩人の名前つけたのも、あんたに立派な人間になってもらいたいっていうことの他に、立派な名前の息子に恥じひんような生き方せなあかんて、自分を戒めるためやったんや。

　お母ちゃん……、昔、水商売してたとき、身体壊して働けへんようになって、自殺まで考えたことがあったんやけど……、そのとき、たまたまあの人と知り合《お》うて、助けてもらったんや。私もあの人も、身寄りのいいひん寂しい生い立ちで、似たとこがあってなあ……、それで、いっしょに暮らすようになって、あんたがお腹にできて、組を抜けて……。京都に来たんは、あの人の古い知り合いがいて、堅気《かたぎ》になるのに力になってくれたからやけど……、川崎を離れれば、もう組の人間と会うことはないやろうて思ってた。けど、運送会社の人たちと木屋町の居酒屋で呑んでたとき、京都に遊びに来てた元の兄貴分と道でたまたま出くわして、因縁《いんねん》つけられて……。あの人、自分が殴られるのは黙って耐えてたんやけど、止めに入った会社の人にまで暴力振るわれて、それで黙ってられへんようになって……、相手を投げ飛ばしたら、頭の打ちどころが悪くて……。悪いのはあの人やないのに、傷害の前科が二回あったから……、そのせいもあって重い罪になってしまったんや」

東柱は絶句した。初めて聞く話だった。

「あの人は、自分が人殺しやってことは、あんたには黙っててくれって……。ムショを出てから自分がちゃんと話すから、それまでは面会にも連れてくるなって」

「なんで……」

「親が人殺しなんてこと、幼い子どもに背負わせるのは残酷過ぎるから……、釈放される頃には、東柱は物事を自分で判断できる年頃になってるやろうから、そのときに、自分の口からちゃんと話したいからって……」

　東柱に真っ直ぐ視線を向けると、

「あんた、自首しなさい」

　最後に、強い口調で母は言った。

　東柱は唇を噛んだ。

　刑務所になど入りたくない。しかし、逃げたら一生追われる身になる。

　――どうしよう……。

　うつむき、黙って考え込んでいるとき――、チャイムが鳴った。

　弾かれたように、東柱がドアに向かって首を捻《ひね》る。

　玄関のドアは、キッチンのすぐ横にある。二人がいる部屋とキッチンの間にある襖《ふすま》は、今は開け放たれていた。キッチンシンクの向こうにはすりガラスの窓があり、開放廊下に立つ人影が薄く映っている。

　もう一度チャイムが鳴らされた。そして、ドンドン――、とドアを叩く音。

「開けてください。いるのはわかってるんですよ」

　部屋の中は昼でも薄暗いため、人がいるときは蛍光灯を点《つ》けっ放しにしている。廊下にいる人物は、すりガラスの窓を通して中をうかがい、明かりが点いているのがわかったのだろう。人影も見えているのかもしれない。

まさか、こんなに早く実家の場所が見つかるとは思ってもいなかった。考えてみれば、京都から大阪には、同じ半グレグループのメンバー数人が移っているのだ。東柱の実家がどの辺りにあるのか、仲間なら知っている。誰かを捕まえて問い詰めれば、ここを特定するのはそんなに難しいことではない。考えが足りなかった。

「とりあえず、あんたはここにはいいひんことにしとく」

意を決したような表情で、母は立ち上がった。

壁際に身を寄せると、東柱は、いつでも逃げられるよう身構えながら、母の後ろ姿を目で追った。

チェーンをかけてから、母が薄くドアを開ける。

「東柱さん、帰ってませんか？」

低く、ドスの利いた声が聞こえた。

「ここにはいませんけど。東柱が、どうかしたんですか？」

「何か連絡は？」

「ありません」

「ほんまですか？　嘘つくと、タメになりませんよ」

「ほんまです」

「とりあえず、ドアを開けてもらえませんか？」

「なんでです？　東柱はいいひんて言うてるやないですか」

「奥さん」

男の口調が変わった。

「あんた、ひとり暮らしですよね？」

東柱は眉をひそめた。狭い三和土には、男物のスニーカーがある。男はドアの隙間からそれを見たのかもしれない。

母が答えないでいると、

「また来ます」

それだけ告げて、あっさり引き下がった。

ふたつの人影が、すりガラスの向こうを通り過ぎる。

東柱は立ち上がった。玄関に走り、スニーカーを手にして引き返す。リュックを背負うと、部屋の奥に向かった。

「あんた、何するつもりや」

後ろで母が怯《おび》えた声を出す。

「多分、気づかれた。今すぐ逃げる」

自首するか逃げるか、まだ決めかねていた。ただ、母の目の前で捕まることだけは避けたかった。

ベランダの鉄柵にぶら下がって跳べば、地上までは数メートルしかない。二つ並んだ集合住宅の間は中庭のようになっていて、地面は柔らかい土だから、怪我をすることはないはずだ。今ならまだ気づかれずに逃げられる。

ガラスの引き戸を開け、狭いベランダに出ると、東柱は、スニーカーを履いて錆《さび》の浮いた鉄柵を乗り越えた。両手で摑んで腕を伸ばし、一階のベランダの鉄柵に当たらないよう、勢いをつけて跳ぶ。

着地したとき、わずかに左の足首を捻った。体勢が崩れ、地面に転がる。痛みが走ったが、ぐずぐずしてはいられない。左足を庇《かば》いながら建物に沿って走り出す。

すると、進行方向に男が姿を現した。様子をうかがうために、ビルの反対側に回ってきたのだ。わずか数メートルの距離しかない。

「いたぞ！」

男が大声を出した。

慌てて踵を返し、元来た方向に走り出す。

「反対側に回れ！」

男が大声で命じた。

「東柱！」

悲鳴のような母の声が頭上で響く。

足首の痛みを我慢して、東柱は必死で走った。しかし、左足に力が入らない。追いかける足音が迫ってくる。

住宅の敷地から走り出る寸前、別の男がビルの陰から飛び出してきた。

避けようとしたが、遅かった。下半身にタックルを受け、そのまま倒される。別の男が腕を取り、折れるかと思うほど激しく背中にねじり上げる。東柱は、苦痛に顔を歪めた。

「おとなしくせえ！」

両側から腕を取られ、引っ張り上げられる。

ベランダで母が何か喚《わめ》いている。その声を背中で聞きながら、引きずられるようにして住宅のすぐ横にある駐車場に向かう。

車に乗せられたら万事休すだ。しかし、男は二人とも体格がよく、必死でもがいても摑まれた両腕はびくともしない。

もうだめだ、とあきらめたとき――、ゴロゴロと車輪が転がる音が右方向から聞こえてきた。

「東柱さん！」

名前が呼ばれた。声のしたほうに顔を向ける。

東柱は、驚きに目を見開いた。

あの老婆だった。カートを転がしながらこっちに近づいてくる。右手には、潰れた空き缶を握っている。

「なんや、婆さん」

右側の男が訊いたが、老婆は応えない。まだ近づいてくる。

左側の男に目で合図し、無視して歩き出そうとしたとき――、老婆は、カートから手を離した。

よたよたとした足取りで数メートルまで近づき、空き缶を持った右手を振る。山なりに宙を飛んだ空き缶は、右側の男の頭に当たった。

「なんや！」

男が老婆に向き直る。

一瞬、摑まれていた腕から力が抜ける。

「逃げっ！」

老婆が叫ぶと同時に、東柱は、右側の男の腕を振りほどき、思い切り脛《すね》を蹴った。男がうずくまるのを横目に見ながら、左側の男の顔面に頭突きを食らわせ、怯んだところで思い切り突き飛ばす。

東柱は、駐車場の出口に向かって駆け出した。

「待て！」

二人が慌てて追いかける。

母が悲鳴を上げた。しかし、振り返る余裕はない。

左足で地面を蹴る度に足首に激痛が走ったが、そんなことは構っていられない。今度捕まったら終わりだ。

駐車場を走り出ると、高野川の方に向かった。人けのない道を、古いビルの間を抜けて走る。かつて万引きを繰り返した店にはシャッターが下りている。その横を通り過ぎ、遮断機の下りていない踏切を渡り、右に折れて高野川沿いの道を北に向かう。

二人はまだ追いかけてくる。絶対に逃げおおせなければならない。捕まったら、自分に未来はない。

痛みはもう感じない。死に物狂いで歩道を真っ直ぐ走る。中年のカップルが、驚いた顔で脇に寄る。

目的地の建物の前に着いた。肩で息をしながら振り返ると、十メートルほど離れたところで、二人の男がぎょっとした顔で立ち止まるのが見えた。そのまま慌てて踵を返す。東柱は、ホッと息をついた。その途端、足首が痛み始めた。

深呼吸を繰り返して息を整えると、東柱は、左足を引きずりながら、ゆっくり下鴨警察署の玄関に向かった。

9

拘置所の面会室のドアを開けると、アクリル板の向こうで母が立ち上がった。

「大丈夫？　元気やの？」

震える声で訊いた。

「うん」

小さくうなずき、椅子に腰を下ろす。つられるように、母も椅子に座った。逮捕されてから初めての面会だった。

片桐は一命をとりとめていた。駆けつけた救急隊員の、的確な措置のおかげだった。東柱は、人殺しにならずに済んだ。

取り調べで、東柱は、手を染めていたオレオレ詐欺の実態や、背後にいる暴力団について、知っていることを全て話した。弁護士からは、自首したことと、素直に取り調べに応じていることで、情状酌量がかなり認められるはずだと言われていた。それでも、何年かは刑務所に入らなければならないだろう。

「訊きたいことがあるんやけど」

東柱は、いきなり切り出した。ずっと気になっていることがあった。

「俺を助けてくれたおばあちゃんて、誰なん？　お母ちゃんの知り合いか？」

あのあと老婆はその場に倒れ、母が呼んだ救急車で病院に運ばれたと、弁護士からは聞いていた。しかし、いまだにその正体はわからない。

母は、東柱の質問に眉をひそめた。

「あんた、あの人が誰かわからんの？」

「知らんよ。同志社の中で初めて会ったんやから」

「何言うてんの」

母が呆《あき》れたような表情になる。

「家の近くに小っちゃい店があったやろ、駄菓子屋みたいな」

「ああ……」

るのが見えた。

昔、万引きを繰り返していた店のことだ。走って逃げるとき、シャッターが閉まってい

子どもの頃の記憶が、フラッシュのように脳裏で瞬く。

薄暗い店内で、レジの向こうの椅子に腰かけ、こっくりこっくりと舟を漕ぐ婆さん――。

東柱は、その婆さんが店で目を開けているところを見たことがなかった。それに、後ろめたさから、外で出会ってもまともに目を合わせることは避けていた。だから、顔など全く覚えていない。

「あの店の……、婆さん？」

「そうや」

尹東柱の石碑の前で会ったとき、老婆は「東柱さん」と名前を呼んだ。あれは、詩人ではなく、自分のことだったのだろうか。

「もう店は閉めてるけど、今でもあそこで、ひとりで暮らしてはる。私も、ときどき、弁当屋で余ったもん、持って行ったりしてるんやけどな」

「けど、なんで俺を助けてくれたんやろ。俺、あの店のもの、万引きしまくってたんやで」

「わざとや」

「わざと？」

「あの頃、私はなんもかも嫌になって、あんたのこともほったらかしてたやろ」

「うん」

「千代さんは――、千代さんいううんがおばあちゃんの名前やけど――、あんたがひもじがってるのを知ってて、あんたが食べもん盗《と》るのを見て見ぬ振りをしてくれたんや。あとでそれ聞いたときは、お母ちゃん、涙が出たわ」

「ウソやろ」

あれは狸寝入《たぬきねい》りだったのか。全部わかっていて、見逃してくれていたのか。

「けど、なんでそんなこと……」

「初めてあんたの万引きに気づいたときは、千代さん、私のところに言いにきたんや。けど、あの頃は私がひどい状態やったから……、千代さん、次の日には店の食料品を持ってきてくれたんやけど……、そんときは素直になれへんくて、ただただ千代さんが鬱陶しくて……、そんな施しはいらんて――、東柱にも、絶対タダで物をやったりすんなって――、怒鳴って追い返したんや。だから、あんたの万引きを見て見ぬ振りをしてくれたんやと思う」

「そうやったんか……」

「千代さん、ひとりで店を開く前は、ホルモン焼きの店で働いてたんや。そこの店主が、あんたのお父ちゃんの古い知り合いでな、京都に呼んでくれたんや。千代さんも、親身になって私らの世話をしてくれて……。あんたの名付け親も、千代さんみたいなもんやねんで」

「名付け親？」

「子どもには立派な名前つけたいってお父ちゃんは思ってて……、それを千代さんに話したみたいで……。韓国の偉い詩人やからって、千代さんから渡された詩集読んで、お父ちゃん、感激してボロボロ涙流して……。それで、東柱って……」

生きているところは見たことがないのに、何故か涙を流す父親の顔が脳裏に浮かんだ。

東柱は、大きくひとつため息をついた。

「おばあちゃん、東柱さんとは友だちやって言うてたけど……」

「本人は、そう言うてるみたいやけどな。ウソやないとは思うけど、今はかなりボケが進んでるから、ほんまにあったことなんか、妄想なんか、もう区別がつかんわ」

「そうなんや……」

あの石碑の前で呼んだ名前は、詩人の東柱のことだったのか、店で万引きを繰り返した自分のことなのか。

——いったい、どっちやったんやろう。

今度は、石碑の前に立つ千代の姿が浮かんだ。

10

東柱の詩碑の前で若い男の姿を見たとき、千代は混乱した。

容姿はまるで似ていないのに、その青年が若い頃の東柱とだぶって見えた。

「東柱さん」

無意識のうちに、そう呼びかけていた。しかし、どうして自分がその青年を東柱と呼んだのか、自分でもわからなかった。ただ、どこかで見たことのある顔だと感じた。

立ち去ろうとする青年の腕を摑んで引き留めた。もう少し話をすれば、思い出せるかもしれないと思った。

青年と話すうち、少しずつ記憶が甦ってきた。店によく来ていた子どもだと気づいた。

青年は電話で誰かと話し、最後に「すぐ家に帰らなあかんから」と言った。

千代は、遅れてあとを追った。もう少し話したいと思ったのだ。青年は、自分にとって大切な人物だという気がしていた。

学生に手伝ってもらってバスに乗り、出町柳の近くで降り、カートを転がして自分の住む地域へと向かった。青年も、その近くで暮らしていたはずだ。もう一度会いたかった。

古い集合住宅が並ぶ場所に着き、駐車場の前を横切ろうとしていたとき、向こうから三人の男がやって来るのが見えた。二人の男が、両側から青年の腕を摑んでいる。

千代の記憶は、十歳のときに飛んだ。

青年の姿が、再び東柱とだぶる。

東柱の腕を、男たちが摑んでいる。すぐ先に車が停まっていて、そこに連れ込もうとしている。車に乗せられたら、東柱は殺されてしまう。

千代は地面を見回した。石は転がっていない。ただ、すぐ側に空き缶が捨てられていた。千代はそれを拾った。

全身に力が漲った。東柱を助けなければ、と思った。

カートを押しながら男たちに近づく。

「東柱さん！」

昔は呼べなかったが、ちゃんと声が出た。

それでも、男たちは遠ざかろうとしている。昔と同じように。

千代は、カートから手を離した。男たちに近づきながら、思い切り腕を振る。今度は、止める人間はいなかった。

空き缶は宙を飛び、男の頭に命中した。

「逃げっ！」

ありったけの声で千代は叫んだ。

目の前に建つ古いビルが、「武田アパート」に見える。

学生服を着た東柱が逃げていく。

その後ろを刑事が追いかける。

――逃げて！

心の中で叫ぶと、千代は、その場に崩れ落ちた。

エピローグ

季節が移ろう空は
いま　秋たけなわです。

わたしは、何の愁いもなく
秋深い星々をすべてかぞえられそうです。

胸の内に　ひとつ　ふたつと刻まれる星を
今すべてかぞえきれないのは
すぐに朝がくるからで、
明日の夜が残っているからで、
まだわたしの青春が終わっていないからなのです。

星ひとつに追憶と

星ひとつに愛と
星ひとつに寂しさと
星ひとつに憧れと
星ひとつに詩と
星ひとつに……母さん、お母さん、

そこまでで、涙で文字が読めなくなった。

「星かぞえる夜」という詩が綴られたページを閉じ、壁に寄りかかったまま、鉄格子が嵌《はま》った窓から夜空を見上げる。

切り取られたわずかな空間の向こうで、星が瞬いている。

東柱も、収容された監獄の窓から夜空を見上げていたのだろう。星をかぞえながら、自分の青春はまだまだこれからなのだと自分に言い聞かせていたのかもしれない。

手の中にある詩集に目を落とし、千代のことを思う。

千代は、入院して一週間後に息を引き取ったらしい。臨終《りんじゅう》間際に、ボロボロになったこの詩集を母に渡し、東柱にあげてくれと言ったという。そのとき、千代は正気に戻っていたようだと母は話していた。

拘置所の独房で、東柱は、毎日尹東柱の詩を読み続けている。

詩集には、栞のようにして一枚の写真が挟まっていた。セピア色に変色した古いものだ。そこには、学生服姿の男性と、おかっぱ頭の少女が、並んで写っていた。二人とも、楽しそうに笑っている。少女が千代で、学生服の男性が東柱なのは間違いないだろう。

少女の胸には、名札のようなものがぶら下がっている。そこに書かれた漢字の読み方も意味も、東柱にはわからない。でも、何かとても楽しげな言葉のように思える。

『間諜』

その意味を今度調べてみようと、東柱は思った。

京都が愛した姉妹

プロローグ

京都には、祇園《ぎおん》の舞妓・芸妓たちの間で行なわれる「無言詣り」という風習がある。

これは、祇園祭の最中の十七日から二十四日までの七日間、八坂神社と、そこから歩いて十五分ほどのところにある八坂神社御旅所までの間を、誰とも口を利くことなく行ったり来たりしながら七度参拝するという、願掛けの習わしだという。今は一日一往復するのが普通らしいが、昔は、その七日の間のいずれかの一夜に七回詣でるのが、正式のやり方だったともいう。

川端康成の『古都』の中でも「七度まいり」が登場する。

『七度まいりというのは、御旅所の神前から、いくらか離れて行っては、またもどっておがみ、それを七たびくりかえすのである。そのあいだ、知り人に会っても、口をきいてはいけない。』

本当の「無言詣り」は、御旅所と八坂神社の間を往復しなければならないのだから、『古都』で描かれている「七度まいり」とは少し違う。作中の参拝のやり方は、川端康成の創作なのかもしれない。

小説の中では、生き別れになっていた双子の姉妹が、祇園祭宵山の夜に御旅所の前で「七度まいり」をしているとき、偶然の出会いを果たす。作中では最も重要な場面といってもいい。

＊

――七月十六日　宵山の夜
私は、御旅所の前に立った。双子の姉妹が出会う場所を、その同じ夜に自分の目で見ておきたかった。
「無言詣り」は、本当は七月十七日から始めなければならない。でも、京都に滞在できるのは今夜だけだ。今夜ひと晩で、八坂神社と御旅所の間を七度往復するつもりだった。神さまには一日早いお参りを許してもらうしかない。
二十年後の奇跡を願って、私は、人でごった返す四条通を、八坂神社に向かって歩き出した。

1

京都の大学に合格してひとり暮らしを始めて間もなく、知愛《ちえ》は、四条通にある八坂神社御旅所に向かった。川端康成の小説『古都』の中で、生き別れになった双子の姉妹、千重《ちえ》子《こ》と苗子《なえこ》が出会う場所だ。

知愛にも、一卵性双生児の妹がいる。妹の名前は菜愛《なえ》。小説の中の姉妹のように、お互いを思いやるやさしい人に育ってほしいと願って、妊娠中に母が名付けたのだという。

しかし、皮肉なことに、二人は、『古都』の姉妹と同じように生き別れになってしまった。

知愛と菜愛の実の母は、未婚で出産した。妊娠を知ったとき、交際していた男性とはすでに別れており、子どもは自分ひとりの手で育てると決めていたらしい。ところが、母は、出産直後に亡くなってしまった。

知愛は乳児院に預けられたが、菜愛は心臓に小さな穴が開いているのが見つかり、そのまま入院することになったという。

ほどなく、知愛は、子どものいない夫婦に引き取られた。父はエリート商社マンで、一年後には一家で赴任先のアメリカへ渡った。五年間をニューヨークで過ごし、知愛の小学校入学前に帰国すると、それからはずっと東京で暮らした。

自分が養子だと知ったのは、中学三年生のときだった。双子の妹がいるということも、自分たちの名前が『古都』にちなんで名付けられたということも、そのとき聞いた。生死も含めて、菜愛の消息は全くわからないという。それ以来ずっと、知愛は、まだ見ぬ妹と巡り合うことを夢想するようになった。

どうして母は自分たちにこんな名前を付けたのだろう、と考えることがある。いくら愛読していた小説とはいえ、姉妹は生き別れになっているのだ。しかも、小説の中で、妹のほうは決して幸福とはいえない境遇にある。普通なら、こんな不吉とも思える名前など付けないのではないだろうか。

知愛は、母が最初から自分たちを養子に出すつもりだったのではないかと疑っていた。出産後に双子が別々の家庭に引き取られることがわかっていて名前を付けたとすれば、そのほうが納得できる。

母が死んでいるというのも、もしかしたら嘘なのかもしれない。本当に母が出産直後に亡くなり、父親が誰かわからないのだとしたら、妊娠中に考えていたという名前が、どのようにして養父母に伝わったのか、細かいことだが疑問が残る。

養父母は、実の両親を捜させないために、母親は死に、父親は誰なのかわからないと告げたのかもしれない。実の母は、本当は今でもどこかで生きているのかもしれない。知愛は、そんなことまで考えていた。


御旅所は、市内一の繁華街である新京極通を下り、四条通を南側に渡ったすぐ側にある。「八坂神社御旅所」と彫られた石柱の横の、たくさんの提灯《ちょうちん》が頭上に並ぶ一画——。古い棚には、今は大きな日本酒の樽がぽつんと二つ置かれているだけで、歩道を行き交う人は誰も見向きもしない。

祇園祭の宵山の夜——。「七度まいり」をするために御旅所を訪れた千重子と苗子は、ここで偶然の出会いを果たす。

東京で暮らしていた知愛が京都の大学に進学を決めたのは、ここに来れば、もしかしたら菜愛と出会えるのではないかと考えたからだ。自分たちの名前が『古都』の姉妹にちなんで付けられたと知っていれば、妹もここに来ようとするかもしれない。

祇園祭の宵山の夜が待ち遠しかった。

御旅所の真ん中に立つと、知愛は、目を閉じ、手を合わせて、菜愛がここに来てくれることを祈った。

*

裕二《ゆうじ》が久美子《くみこ》と出会ったのは、自分が働くイタリアンレストランだった。

久美子は、友人の女性と二人で、予約もなしに店に入ってきた。渋谷にあるそのレストランは人気店で、ディナータイムには、普通は予約なしでは入れないのだが、その夜はたまたまキャンセルが出ていたため、裕二がテーブル席に案内した。調理師専門学校を卒業したばかりの裕二は、まだ厨房に立たせてもらえず、当時はホール係として働いていた。

久美子は、ぱっちりとした大きな目が魅力の、小柄で可愛《かわい》らしい人だった。でも、そのときは、大勢の客の中のひとりに過ぎなかった。

再会したのは、数日後、都内にある私立大学のキャンパスだった。その大学には高校時代の親友が進学していて、店が休みの日に大学の構内で待ち合わせをしていたのだが、ひとりでベンチに座っていたとき、たまたま通りかかった久美子が、気づいて声をかけてくれた。久美子は、その大学の職員だった。

そのときは、親友を含めた三人で、学食でランチを食べた。久美子は、ユーモアがあり、鈴のようなきれいな声をしていた。二十代後半ぐらいだと思っていたのだが、自分たちより十三歳も年上の三十四歳だという。これには驚いた。

それからは、よく店に来てくれるようになった。最初の夜と同じく、大学の同僚だという友人の女性と二人で来ることが多かったが、たまにひとりで来店することもあり、お客さんが少ないときは個人的な話をすることもあった。二人は、少しずつ親しくなっていった。


閉店時間間際に、憔悴し切った様子で久美子が現れたのは、店で働き始めて一年近く経った頃だ。楽しそうにしている姿しか見たことがなかったから、裕二は驚いた。

「母親のお葬式だったの」

グラスワインをひと息で呷ると、久美子はまずそう言った。心筋梗塞の突然死だったという。

「でも、全然悲しくないのよ。むしろ清々したって感じ」

でも、清々しているようには見えなかった。それが気になった。

その夜初めて、裕二のほうから呑みに誘った。

店の後片付けを終えたあと、急いで待ち合わせのバーに行くと、久美子はすっかり酔っ払っていた。そして、自分の家族について話し始めた。

久美子は、両親が笑って話しているのを見た記憶がほとんどないという。物心ついたときから二人は仲が悪く、小学生の間は口喧嘩が絶えなかった。その後は、次第にお互いを無視するようになり、やがて全く口を利くことがなくなった。父親はいつも帰りが遅く、中学二年生になった頃からは、三人で食卓を囲むことはほとんどなくなったという。

「兄弟がいれば違ったと思うんだけど、私、ひとりっ子だったからね、家の中ではいつも孤独だった。家にいるのが嫌で嫌でたまらなかった。お姉さんや弟がいる同級生がうらやましかったな」

バーボンのソーダ割が入ったグラスを指先で弄びながら、久美子は寂しげに笑った。

高校を卒業したとき、ようやく両親は離婚した。どうしてもっと早く別れなかったのか、と訊くと、母は、久美子のためだったのだと言った。久美子が大学に入るまではと我慢してきたのだと。

「それを聞いてね――、ふざけんな、って思った。両親の姿を見て、自分がどれだけ苦しかったか、悲しかったか……。子どもの頃から何度家出しようとしたか――、父も母もまるでわかってなかった」

離婚後は、久美子は母親と暮らすことになった。父親は、離婚前から付き合っていた女性がいたらしく、さっさと再婚した。

大学を卒業するまでは父親から仕送りを受けていたが、久美子が働き始めてからは、それもなくなった。元々生活力のない母親は、経済的に久美子に依存するようになった。

「母は、私がいないと生きていけない人だった。経済的にだけじゃなく、精神的にも私に寄りかかってた。それが鬱陶しくて、シンドくてね……、私の前から姿を消してくれって、何度思ったかわからない。だから、母が死んで清々したってのは嘘じゃないんだけど……、そんな風に考えてる自分がすごく酷い人間に思えてきちゃって……。なんか、ごめん、こんな話」

涙を流しながら、久美子はあやまった。

これまで見てきた姿とのギャップに戸惑いながらも、ありのままの姿を自分の前でさらけ出してくれる久美子を、裕二は愛おしく思った。

バーを出ると、裕二から誘い、二人は一夜を共にした。

その後も、付き合いは続いた。

裕二は、間もなくイタリアへ料理修業に出かけることになっていた。一度行ったら三年は帰ってこないつもりだった。

渡航を目前にして、二人で行きつけのバーで呑んでいたとき、裕二は、思い切って切り出した。

「三年後にどうなってるかなんてわからないし……、今はなんの約束もできないけど、でも……、できれば、帰ってくるまで待っていてほしい。だめかな?」

自分なりのプロポーズのつもりだった。このまま別れたくはなかった。

しかし、久美子は、笑いながら首を振った。

「ありがとう、そんな風に言ってくれて。あなたがいい加減な気持ちで私と付き合ってるんじゃないってことも、よくわかった。すごく嬉しい。でもね、ひと回り以上も年上のおばさんが、才能も前途もある若者を縛り付けるわけにはいかないよ。それに、私、元々結婚とか家庭とかには夢を持てないのよ。両親のせいだと思うんだけどね」

だからあなたがイタリアに旅立つまでの関係にしましょう——、と久美子は続けた。

「別れる前に、一度だけ二人で旅行しない? 最後の思い出に」

どこに——? と訊くと、「京都」と即座に答えが返ってきた。

「私ね、川端康成の『古都』が好きで……、小説の中に出てくる場所を歩いてみたかったのよ。できれば、祇園祭のときに」

『古都』は、山口百恵が主演した映画をテレビで見ただけだったが、二人で京都に旅行することに異存はなかった。裕二は、店に無理を言って二日間の休みを取った。旅行の前には小説も読んだ。

祇園祭宵山の午後、京都に着き、ホテルにチェックインすると、まず、作中に出てくる平安神宮や府立植物園、西陣などをそぞろ歩いた。

久美子はよく笑った。心からこの旅を楽しんでいるようだった。普段では見られない解放的な久美子の姿は、東京で会っていたときよりはるかに魅力的だった。

夕暮れどきに、二人は、八坂神社御旅所の前に立った。

たくさんの蠟燭の炎がゆらめくその場所で、生き別れになった双子の姉妹は再会する。お嬢さま育ちの千重子は、貧しい生活から苗子を救うためにいっしょに暮らすことを望むが、苗子は、たった一度同じ部屋で寝起きしただけで、それを「一生の幸せ」だと千重子に告げ、二度と会わない決意をして去っていく。

「お互いを思いやる姉妹の姿がとっても美しくて、そこが好きなの」

久美子は、裕二に向かって微笑んだ。

東京に戻り、地下鉄の改札口の前に立つと、久美子は、「頑張ってね」と言いながら右手を差し出した。その小さな手を、裕二は固く握りしめた。

改札口に向かって、久美子が歩き始める。

駅の構内に入り、遠ざかって行く後ろ姿を見送りながら、裕二は、京都になんて行かなければよかったと思った。旅に出る前よりずっと、彼女を好きになっていた。

久美子の姿が人ごみの中に消えてもなお、裕二は、その場に佇んでいた。

2

人のざわめきに混じって、笛、太鼓、鉦《かね》、そして「よーい」「そーれ」といった人の掛け声が聞こえてくる。　歩行者天国になっている道路は、人でごった返している。

烏丸通を折れ、人の流れに乗って四条通を東に進んでいくと、山鉾《やまほこ》巡行の先頭を切ることが許されている「長刀鉾《なぎなた》」の優雅な姿が見えてくる。鉾の上では、お揃いの浴衣《ゆかた》を着た男たちが、手にした楽器を淡々と演奏している。祇園ばやしの単調なリズムとメロディーが、暮れ始めた空にこだまする。

知愛は、八坂神社御旅所の前に着いた。

宵山の夕暮れどきに御旅所に来るのは、大学一年生だった去年に続いて二度目だった。

前回は、六時半から九時までこの場所で妹を待っていた。しかし、菜愛は来なかった。自分と同じ顔をしているはずだから、現れればお互いすぐにわかるはずだった。

紺色のワンピースにローヒール、ハンドバッグ――。ピアスやネックレス、腕時計を含め、身に着けているのは全てブランド品だが、シックな色とデザインのものでまとめている。きちんとした裕福な家庭で幸せに育てられたということが、ひと目でわかるようにするためだった。『古都』の主人公、千重子は、呉服問屋のお嬢さまとして大事に育てられた。自分は千重子と同じなのだと、菜愛に知ってもらいたかった。

蠟燭に火をともして供えると、知愛は、妹が来てくれることを一心に祈った。


祇園祭宵山の夕暮れ――。

『古都』の作中、千重子は、御旅所の前で「七度まいり」をしている苗子の姿を見る。

「なに、お祈りやしたの？」

そう尋ねる千重子に、苗子は、

「姉の行方を知りとうて……。あんた、姉さんや。神さまのお引き合わせどす」

そう答える。

この場面を、知愛は、何度も読み返した。

千重子と苗子の姿を、頭の中で自分たちに置き換えてみる。それが現実になることを、知愛は心から願っていた。

祈りを終えると、知愛は前に向き直り、目の前を行き交う人々の姿に目を向けた。人ごみの中に自分と同じ顔の女性がいないか、じっと目を凝らす。

御旅所の前は待ち合わせスポットになっており、人待ちをしている何人もの男女の姿がある。浴衣姿の女子高生グループ、勤め帰りらしくスーツ姿の若い女性、ポロシャツにチノパンの中年男性――。待ち人は次々に現れ、さっきまで横に立っていた人たちが笑顔で人ごみの中に消え、新たな待ち人と入れ替わっていく。中年男性だけは、なかなか待ち人が現れないらしく、落ち着かない様子だ。

落ち着かないのは、知愛も同じだった。

小説の中で千重子と苗子がここで出会うのは、二人が二十歳のときだ。知愛と菜愛も、この四月で二十歳になった。もし、菜愛が作品をなぞろうとするなら、今年来る可能性が高い。逆に考えれば、今年来なければ、二度と現れない可能性のほうが高くなるということだ。

さっきまで明るさが残っていた空は、今では薄墨を流したように暗くなっている。

腕時計に目を落とす。すでに七時を回っている。

――やはり無駄足だったのだろうか。小説と同じ場面を夢想しているのは私だけなのか。ため息をつき、腕時計から顔を上げたとき――、

「知愛さん」

右側からいきなり名前を呼ばれた。

ぎょっとしながら、声のしたほうに首を捻る。

知愛は息を呑んだ。

数メートル先に、髪を金色に染め、髑髏《どくろ》のイラストが描かれた黒いTシャツと膝に穴が開いたデニムパンツを身に着け、小さなリュックを背負った、若い女性が立っていた。

彼女は、知愛と同じ顔をしていた。

＊

久美子が最初に妊娠を告げたのは、同じ大学で働く侑子《ゆうこ》だった。彼女は七歳年下だが、何故か気が合い、いっしょに遊びに出かけることが多かった。裕二の店にもよく二人で行った。

あまりの驚きでしばらくの間呆然としていたが、やがて侑子は、相手が誰かを尋ねた。

久美子は答えなかった。侑子は、子どもの父親が十三歳年下の料理人見習いだとは思ってもいないようだった。

お腹の中にいるのが双子だと告げ、自分ひとりで産んで育てるつもりだと話すと、侑子は絶句した。

赤ちゃんひとりでも育てるのは簡単じゃないのに、いきなり二人の子どもの親になるなんて、大変を通り越して無謀だ。考え直した方がいい、と侑子は言った。

「だいたい、お金はどうするの？　とりあえず産休は取れるとしても、今まで通り仕事を続けるのは無理なんじゃないの？」

もっともな心配だった。

「今まで黙ってたけど――」

久美子は、遺産があるのだと話した。

母が亡くなる前の年、千葉に住んでいる祖母が亡くなった。しばらく勤めを休んだから、そのことは侑子も知っているはずだった。

実家には伯父の家族が同居していたが、土地と家、その他に所有していた不動産などを全部処分して、伯父と母に遺産が入った。母に渡った分は、今は久美子が相続している。

これまで自分で貯金していた分も合わせれば三千万円以上になるから、最悪仕事が続けられなくなっても、当分の間、生活費はなんとかなる。

「子どもを産むには、年齢的に見てこれが最後のチャンスかもしれないし……、私、結婚に興味はないけど、子どもは産んで育ててみたいのよ。せっかく授かった命だし、殺してしまうなんて考えられない。だめかな？」

しばらくの間、侑子は黙って考え込んでいたが、やがて小さく肩をすくめると、

「久美子さんがそう決めたんなら、私は応援するよ」

笑顔でそう言ってくれた。

突然陣痛が始まったのは、久美子の部屋に侑子が遊びに来ているときだった。

侑子は、慌てて救急車を呼んだ。

救急隊員が駆けつけ、病院に運ばれて処置室に入るまで、久美子は、苦悶の表情で呻き続けた。そして、赤ちゃんの産声を聞くと同時に、意識を失った。

予定より二週間早い出産だった。

3

しばらくの間、知愛は、菜愛に目を向けながら、ただ呆然と突っ立っていた。

『古都』の中で、苗子は、お嬢さま育ちの千重子とは正反対の、山林の労働者として描かれる。知愛も、自分と全く違う環境で菜愛が育った可能性は考えていた。それにしても、目の前に立つ妹は、自分の想像をはるかに超えていた。

菜愛のほうは、あまり驚いていないように見える。くちゃくちゃと音を立ててガムを噛みながら、

「どっか静かなとこに行かへん？」

平然とそう言った。

「ああ——」

ようやく我に返ると、猛然と嬉しさが湧き上がってきた。

髪を金色に染めていようが、髑髏のTシャツを着ていようが、自分の妹であることに変わりはない。二十年振りに出会えたのだ。

御旅所の前で人待ちをしていた数人の男女が、驚いたようにこっちを見ている。同じ顔

なのに、あまりにも雰囲気の違う二人が珍しいのだろう。

「私の部屋へ」

言いながら手を伸ばし、菜愛の腕を摑むと、知愛は歩き出した。

人の波を掻《か》き分けるようにして四条通を渡り、新京極通を北に進む。何か話さなければと思うが、頭の中は真っ白で何も思いつかない。菜愛も無言でついてくる。

ようやく人ごみの外に出ると、我に返ったように知愛は立ち止まった。改めて菜愛と向き合う。

「ほんとに、菜愛さんなのよね」

腕を伸ばして、菜愛の両手を握った。涙が頰を伝った。

「幽霊やないで」

菜愛が薄く笑う。

「知愛さんは、なにしてる人？　大学生？」

「うん」

大学名を告げ、実家は東京にあると付け加える。

「菜愛さんは？」

「フリーター」

今は大阪の下新庄に住んでいるという。

「『古都』を読んだんでしょ？」

「うん」

「ご両親は、実の母親は亡くなっていて父親は誰だかわからないって……、そう話した？」

「そう聞いたけど」

菜愛は訝しげな顔つきだ。

知愛は唇を嚙んだ。やはりそれは本当のことなのだろうか。

「詳しいことは部屋で。歩いて十分ぐらいだから」

気を取り直し、菜愛に笑顔を向ける。

知愛のマンションは、京都御苑南側の住宅地の中にある。ここからなら一キロもない。

知愛が歩き出すと、半歩遅れて菜愛が従った。

話したいことはいくらでもあるが、胸がいっぱいで言葉が出てこない。菜愛も黙ったままだ。くちゃくちゃとガムを嚙む音だけがすぐ後ろで聞こえていた。

知愛が住んでいるのは、学生用のマンションではない。八畳ほどのリビングに、その半分ほどの広さのダイニングキッチン、それに六畳程度の寝室が付いた、単身者用の1LDKだ。玄関はオートロックで、管理人も常駐している。

リビングに入り、大画面テレビやオーディオセット、様々な書籍が詰まった大きな本棚に順に目を向けると、菜愛は肩をすくめた。

「お金持ちなんやな、知愛さんは」

「まあ、そうかな」

隠すことではない。知愛の家は、確かに裕福なのだ。

ソファに菜愛を座らせると、知愛は、キッチンで紅茶を淹れながら、引き取ってくれた両親のことを含め、これまでの自分の人生についていつまんで話した。

「知愛さんは幸せやった？　その家に引き取られて」

紅茶をひとくち飲むと、菜愛は訊いた。

「うん」

短く答え、

「菜愛さんは？」

逆に尋ねる。

「私のほうは、ひどいもんやった」

菜愛が引き取られたのは二歳のときで、大阪にある町工場の経営者夫婦だった。心臓に開いていた小さな穴は、一歳になったときには自然に塞がり、退院後は一年ほど乳児院に入っていたという。

「小学校までは、まあまあ幸せやったんやけどな」

ひとりごとを言うようにそうつぶやくと、菜愛は目を伏せた。

中学校に入学した頃から工場の経営が悪化し、家の中が荒み始めたのだという。借金取りに追われるようになって両親から笑顔が消え、家族の団らんなどというものはまるでなくなった。

中学二年生のとき工場が倒産し、両親は離婚。菜愛は、母親に引き取られた。

両親の知り合いや親戚たちが口にする言葉の端々から、自分は実の子ではないと薄々わかっていたが、そのとき初めて、菜愛は、自分が養子であることを母から告げられた。実の母親は出産時に亡くなり、父親は誰だかわからない。

双子の姉がいて、二人の名前は『古都』の登場人物からとられたということもそのとき知った。

高校三年になり、十八歳になった直後に、母親は癌《がん》で亡くなった。菜愛は高校を中退し、それからはメイドカフェでアルバイトしながらひとり暮らしをしているという。

「双子なのに、えらい違いやな」

　最後に、菜愛は付け加えた。

「ごめんね」

　知愛はうなだれた。膝の上に涙がこぼれ落ちた。

「なんで知愛さんがあやまんねん。あんたのせいやないやろ」

「でも――」

「しゃあないやんか。それが運命ってもんやろ」

「私、両親に菜愛さんのこと話してみる。きっと援助してくれると思う。そうしたら、通信教育でもいいから高校に入り直せばいいし、もし大学に行きたければ――」

「学費と生活費、全部知愛さんの家で面倒見てくれるって?」

「うん。私が頼めば、きっとそうしてくれる」

「すごいんやな、知愛さんの家は」

　菜愛は、音を立ててため息をついた。

　父は、今は大手商社の専務取締役だ。菜愛の学費と生活費を出すぐらい、それほど難しいことではない。

「遠慮しなくていいのよ。私にできることなら、なんでも――」

「なあ、お腹減らへん？」

知愛の言葉を遮ると、唐突に菜愛は尋ねた。

確かにお腹は減っている。晩御飯はまだ食べていない。

「ピザかお寿司でもとる？」

「ちょっと失礼」

そう言って立ち上がると、菜愛はキッチンに向かった。カウンターの向こうに回って冷蔵庫を開け、順番に扉を開けていく。

「ネギ、人参、ハム、卵……。冷凍ご飯もあるやんか。私がチャーハン作ってあげるよ。こう見えて、料理は結構得意なんやで」

「いいの？」

「私の手料理やったら、不満？」

「そんなことないけど」

「せやったらまかせとき」

返事を待たずに、菜愛は、冷蔵庫から材料を取り出し始めた。

「ほんとに、いいの？」

「知愛さん」

手を止め、こっちを見る。

「そんな服やったら窮屈やろ。着替えてきたら」

「ああ、そうだね」

知愛は、自分の格好を見下ろした。よそいきのワンピースにシルバーのネックレスは、チャーハンを食べるには不似合いだ。何より、髑髏のTシャツと膝に穴の開いたデニムパンツを身に着けている菜愛とは、つり合いが取れない。

「じゃあ、ちょっと着替えてくる」

知愛は立ち上がった。

「いってらっしゃい」

カウンターの向こうで菜愛が手を振る。

菜愛と出会ったら、涙を流しながらお互いのことを話し合うのだろうと知愛は思っていた。予想もしていなかった展開になって戸惑ったが、湿っぽいより、こういうあっけらかんとした出会いでよかったのかもしれない。どうあれ、これからは、お互いを思いやり、助け合って生きていけばいい。

寝室に入って服を脱ぐと、菜愛と同じように、Tシャツとデニムパンツを身に着けた。鏡の前に座って化粧を落とし、肩まである髪を後ろで束ねる。

キッチンから、トントントン――、とリズミカルな音が響き始めた。寝室を出てカウンター越しに見ると、菜愛がネギを細かく刻んでいた。まるでプロのような鮮やかな手つきだった。

包丁さばきを褒めると、小学生の頃から料理しているからという。母親も工場で働いていたため、小学校四年生ぐらいから家族の夕食を作るようになったのだという。

手伝うという知愛を制し、菜愛は全てひとりで調理した。

リビングのローテーブルを挟んで向かい合って腰を下ろし、まずはウーロン茶を入れたグラスで乾杯する。

「おいしい」

チャーハンをひとくち口にすると、思わず知愛は言った。

カレーパウダーを加えたらしく、出来上がったチャーハンはエスニック風の味になっていた。具材の味もご飯によく絡んでいる。まるでお店で食べているようだ。

褒められて、菜愛も嬉しそうだ。

それからは、それまで口が重かった菜愛のほうが、一方的にしゃべり始めた。話題は、菜愛を目当てにメイドカフェに通ってくるという「ハゲの変態オヤジ」や「マザコンのオタク大学生」や「恐妻家の会社社長」についてで、知愛は、腹を抱えて笑い転げた。

食後のコーヒーを飲んでいるとき、不意に眠気が襲ってきた。

菜愛の顔が二重に見える。瞼が重い。

「私な、この前、映画観たんや」

突然、菜愛は話題を変えた。

「え？」

必死で瞼を持ち上げる。

「メイドカフェの仕事終わってからクラブで遊んで、疲れ切って夜遅く部屋に帰って……、そんで、テレビ点けたら——、白黒の古ーい映画やっててん」

淡々とした口調で、菜愛が続ける。

「ヨーロッパのどっかの国の話でな……、戦争で生き別れになった弟の行方を捜すお兄ちゃんが主人公なんやけど……。十年だか十五年だかかかってやっと弟見つけて……、お兄ちゃん、ボロボロ涙流して喜んで……、その夜は弟と二人で酒呑んで、いい気分で寝たんやけど……、目を覚ましたら、有り金全部と、大事にしてたお父ちゃんの形見の懐中時計といっしょに、その弟がいなくなってるんや」

——いったい、なんの話？

問い返そうとしたが、声は出なかった。頭が朦朧とし始めている。

「弟のほうはな、ちょっとした誤解で、自分は家族に捨てられたんやって、ずっと思ってて、お兄ちゃんのことも恨んでたんや。今更兄ちゃんに会ったかて、嬉しくもなんともなかったんや」

菜愛は笑った。その声は、エコーがかかったように頭の中で響いている。

「けど、お兄ちゃんのほうは、なんで弟がそんなことしたんか、わけがわからへんねん。お兄ちゃん、腰を抜かすほど驚いて……、嘆いて、悲しんで、戸惑って……、そんで、ごっつ苦しむねん。あんたも、なんでこんなことされないかんのか、考えて、悩んで、苦しむとええわ」

めまいがした。耐え切れず、仰向けに横たわる。

天井がぐるぐる回っている。

菜愛の笑い声がけたたましく響く。

知愛は意識を失った。

＊

イタリアでの暮らしは、当初の予定より長く、五年以上にわたった。

帰国すると、裕二は、東京のホテル内にあるイタリアンレストランに職を得た。三十歳のとき結婚し、子どもをもうけ、レストランでは副料理長になった。

そして、去年の秋――、大阪に新設されるホテルのイタリアンレストランに、料理長として招かれることになった。妻と子どもを東京に残しての単身赴任だった。

久美子の元同僚だと名乗る女性からレストランに電話がかかってきたのは、翌年の一月のことだ。以前働いていた店に、よくいっしょに来ていた女性だとすぐにわかった。

久美子の身に起きたことについて、淡々とした口調で彼女が話す。

ただ愕然としながら、裕二はその話を聞いた。


祇園祭宵山の午後――。

久美子と訪れて以来初めて、裕二は、ひとりで京都に向かった。二十一年振りの京都だ。

祇園祭で華やぐ市内を、久美子との思い出を辿るように平安神宮や植物園を訪ね、夕暮れどきに御旅所に向かう。

御旅所の前には、待ち合わせをする人たちがいた。その中で、裕二は、紺色のワンピースを着た若い女性に目を留めた。彼女は、久美子の面影を濃く残していた。

裕二は、その女性から目が離せなくなった。声をかけるべきかどうか迷った。しかし、声をかけるにしても、なんと言えばいいのかわからない。

すると、「ちえさん」と、名前が呼ばれた。驚いて声がしたほうを見ると、金髪の女性が立っている。

二人は、同じ顔をしていた。

4

死んだように眠っている知愛を、菜愛は、無表情に見下ろした。

胸の中では、こんなことをしてどうなるのだ、という苦い思いと、これぐらいのことをしても当然だ、という思いが入り混じっていた。

自分が抱いているのは、ただの嫉妬かもしれないとも思う。でも、今の気持ちのまま知愛と相対することなどできはしない。二度と会うつもりもない。

これでいいのだ――、と菜愛は自分に言い聞かせた。

小学生の頃まで、菜愛は幸せだった。

誕生日やクリスマスには、母はご馳走を作ってくれたし、父は菜愛が欲しいものをプレゼントしてくれた。夏休みには必ず泊りがけで家族旅行をし、元旦には三人揃って初詣に出かけた。

両親は、本当の子どものように愛情を注いでくれた。裕福ではなかったが、菜愛は、ごく普通の子ども時代を過ごした。

中学生になり、工場の経営が急激に悪化し始めてからは、全てが変わってしまった。両親から笑顔が消え、言い争いは絶えず、借金返済を迫る電話が一日に何度もかかってくるようになった。筋の悪いところから金を借りていたらしく、家に隣接している小さな工場には、人相の悪い男たちが頻繁に出入りするようになった。そんな状況の中、仲の良かった友だちも、菜愛から去っていった。

父が離婚を決意したのは、母と菜愛を悪質な取り立てから守るためだった。

二人で家を出て行くとき、父は、玄関で「すまんかった」とあやまりながら深々と頭を下げた。父も母も、そして、菜愛も泣いた。その日、父は姿を消した。

菜愛と母は、六畳と四畳半の和室二間だけの、古くて小さなアパートで暮らし始めた。そのとき初めて、自分の出自について教えられた。養子だということには薄々気づいていたから大きなショックはなかったが、双子の姉がいると聞いて驚いた。いつか姉に会ってみたいと思った。

暮らしは貧しかった。母は食料品会社の倉庫で働き、菜愛も夕方から近くのパン屋でアルバイトをした。食べていくのがやっとの生活だったが、菜愛も母も、また父と三人で暮らせる日がくることを願いながら、歯を食いしばるようにして生きていた。

祇園祭の宵山に初めて行ったのは、中学三年生のときだ。母から自分の名前の由来を聞き、菜愛は『古都』を読んだ。宵山の夕暮れどきに御旅所に行けば、もしかしたら姉に会えるのではないかと思った。まだ見ぬ姉が恋しかった。姉が引き取られた家庭が、もし千重子のようにお金持ちなら、自分たちを助けてくれるかもしれないとも思った。

姉は現れなかった。翌年も同じだった。

高校二年生の春、母に癌が見つかった。

その年は、祈るような思いで御旅所に向かった。母に頼れる親戚はおらず、すがれるとしたら、もう姉だけだった。菜愛は奇跡を信じた。しかし、いつまで待っても姉は姿を現さなかった。祇園ばやしが鳴り響く路上で、菜愛は泣いた。

一年後に母が亡くなると菜愛は高校を中退し、メイドカフェで働き始めた。時給は千三百円で、週五日一日七時間働き、チップと合わせると、月に二十万円以上の稼ぎになった。皮肉なことに、母と二人で暮らしていたときより生活は楽になった。

その年は御旅所に行かなかった。もう行くのはやめようと思った。

しかし、翌年の七月――、テレビのワイドショーの中で祇園祭の映像が流れると、足は自然と京都に向いた。

そのとき初めて、菜愛は姉を見た。

知愛は、いかにも高級そうなワンピースを身に着け、ブランド品のバッグを手に、御旅所の前に佇んでいた。その姿は、呉服問屋のお嬢さまとして育った千重子そのものだった。両親のいない貧しい自分は、苗子と同じだ。

御旅所に向かいかけていた足が止まった。何故だかわからないが、不意に怒りが湧き出した。

何年か前に出会えていれば、土下座してでも援助を求めていたかもしれない。でも、もう遅い。自分は何もかも失ってしまった。全てを手にしているように見える知愛とは、もはや住む世界が違う。

菜愛は、ビルの陰に隠れた。どうすべきかしばらく考え、あとをつけてみようと決めた。知愛がどんな暮らしをしているのか、確かめてみようと思った。

踵を返してショップに入り、サングラスとキャップを買った。

深々とキャップを被り、大きなサングラスをかけて、通りを隔てて御旅所が見える場所に立つ。

午後九時を過ぎると、知愛は、御旅所の前を離れて歩き出した。人ごみに紛れてあとをつける。

知愛は、一度も振り返らなかった。尾行は簡単だった。

十数分歩くと、知愛は、真新しい洒落たマンションに入って行った。最初は親と住んでいるのかと思った。しかし、通りに面した部屋のベランダは幅が狭く、どうやら単身者用のマンションのようだった。十九歳でこんなところに住めるのは、水商売をしているか親が金持ちか、どちらかしかない。

知愛は、水商売の女には見えなかった。おそらく大学一年生で、親の金で高級マンションに住み、キャンパスライフを満喫しているということだろう。

エントランスの前に立って建物を見上げると、涙が溢れ出た。怒りか、情けなさか、悔しさなのか――、何故泣いているのか自分でもわからなかった。

そのとき、一瞬だけ、知愛を傷つけてやりたい、と思った。そして、そんなことを考えた自分に戸惑った。

『古都』の姉妹の名前なんかを実の母親が付けなければ、そして、育ての親がそれを自分に伝えなければ、こんな気持ちになることはなかった。姉に希望を抱いたり、絶望したりすることもなかった。

姉の存在など知らないまま生きていたほうがよかったと菜愛は思う。だいたい、小説の中で生き別れになる姉妹とよく似た名前を付けられた自分たちが、実際に生き別れになるなど、笑い話にもならない。こんな名前を付けた母親が恨めしかった。

知愛とはもう二度と会わないと決めて、菜愛は、マンションの前を離れた。

しかし、それからも知愛を忘れることはできなかった。振り払おうとすればするほど、御旅所の前に佇んでいた姿が浮かんだ。

知愛を忘れるために、菜愛は夜ごと遊びに出かけた。男友だちとクラブで踊り、酒を呑み、へべれけになりながら、誰も待つ者のいないみすぼらしいアパートに帰った。母が死んでも、菜愛は、同じ部屋で暮らし続けていた。

そんなある夜――、菜愛は、テレビで古いヨーロッパ映画を観た。戦争中に生き別れになった弟を捜す兄の話だった。それを観ながら、忘れていた感情が、胸の奥から静かに湧き上がってきた。知愛の優雅な姿と、瀟洒なマンションの外観が、脳裏に甦った。

ふと思い立ち、菜愛は、母が使っていた箪笥の引き出しを順に開けていった。亡くなったあとも、母の物は捨てずに全て残してある。

菜愛は、小さな菓子箱を見つけた。生前、服用していた薬を入れていたものだ。母は、睡眠薬を常用していた。

菜愛は、丸い錠剤が入ったシートを取り出した。間違いない。それは、睡眠薬だった。ただし、処方されてから、少なくとも三年近くは経っているはずだ。

その夜――、効き目を確かめるために、菜愛は一錠服用した。すぐに眠気がやってきて、寝床に横たわった途端、昏倒《こんとう》するように意識を失った。

宵山当日――、菜愛は、薬を何錠かすり潰して粉末状にし、小さなビニール袋に入れてリュックの底に忍ばせた。そして、今年も知愛が御旅所の前にいることを願いながら京都に向かった。

知愛は、去年とまるで同じたたずまいをしていた。自分が、何不自由なく育ったお嬢さまだと見せつけようとしているとしか思えなかった。声をかける前から、菜愛は苛立っていた。

マンションに行くと、知愛に問われるままに、自分と両親のことを話した。ただし、何年も前から御旅所に行っていたことは黙っていた。

菜愛の話を聞いて、知愛は涙を流した。そして、両親に援助を頼んでみると言った。

千重子と同じだ、と菜愛は思った。知愛は、自分と千重子の姿を重ね合わせているのだ。

小説の中で、千重子は苗子の身の上に同情し、いっしょに住まないかと申し出る。自分の両親に頼めばきっと許してくれるからと。

するると、苗子は、こう答える。

「お嬢さん、今では、生活もちごうてますやろ。教養みたいなんもちごうてますやろ。室町のくらしなんか、あたしには、でけやしまへん」

きっと知愛は、菜愛もそんなふうに答えることを期待しているのだろう。主人公は千重子であり、知愛なのだ。

そのとき、菜愛は、計画を実行することを決めた。着替えるようにうながして知愛を寝室に行かせ、持ってきた睡眠薬をリュックから取り出してパンツのポケットに入れた。

手伝うという知愛を制して、キッチンに来させないようにすると、菜愛は、調理の最後に、知愛の分のチャーハンに睡眠薬の粉末を混ぜた。おかしな味がしないよう、念のため、冷蔵庫にあったカレーパウダーを混ぜておいた。知愛は、エスニック風でおいしいと言いながら、きれいに平らげてくれた。

薬が効き始めたのを見て、菜愛は、映画の話をした。何故そんな話をするのか、知愛は、理解できないようだった。でも、目を覚ましたら意味がわかる。そして、映画の主人公のように、どうして妹がそんなことをしたのか、理由がわからず苦しむことになるはずだ。

戸惑ったような表情のまま崩れるように床に横たわると、知愛は眠りに落ちた。

知愛が持っていたバッグは、ソファの横に置いたままになっていた。菜愛は、中から財布を取り出し、現金を抜き取った。三万円ちょっとあった。

腕時計は、映画と違い父の形見とはいかないが、高価なものだということはわかった。どうしようか少しだけ迷ったが、知愛が『古都』の千重子と自分を重ね合わせたように、自分は映画の中の弟になりきってやろうと決めた。

ぐったりと伸びた知愛の腕を持ち上げると、菜愛は、腕時計を外した。

＊

マンション前の道を、裕二は、行ったり来たりしていた。

二人のあとをつけてここまで来てはみたものの、これからどうしたらいいのかわからない。今夜は大阪に帰って、日を改めて出直すことも考えた。しかし、容易には立ち去り難かった。どちらかひとりでも出てきてくれれば、そのときは思い切って声をかけようと決めていた。

玄関のガラスドアの前に立って中をうかがい、また離れ、辺りをうろつき、また玄関ドアに近づき――。裕二は、ぐずぐずと二時間以上もマンションの前にいた。

祇園祭の宵山だからだろう、マンションへの人の出入りは多かった。しかし、双子はどちらも出てこない。

さすがに今日はあきらめようと思い、踵を返そうとしたとき――、ドアの向こうに人影が見えた。現れたのは、金髪のほうの女性、菜愛だった。

菜愛は、何か考え込んでいるように見えた。ドアに向かいかけたが、立ち止まり、険しい表情で唇を嚙む。不意に身体の向きを変え、数歩引き返したが、また立ち止まった。

部屋に戻ろうかどうか迷っているように見えた。知愛との間で何かあったのだろうか。

菜愛は、また身体の向きを変えた。今度はそのまま進み、開いたドアから外に出てきた。

裕二は覚悟を決めた。菜愛が歩道を歩き始めると背後からそっと近づき、「すいません」と声をかけた。

振り返った菜愛は、裕二を見て眉をひそめた。

5

目が覚めたとき知愛の耳に聞こえてきたのは、エアコンから吐き出される微かな風の音だけだった。部屋は静まり返っていた。

頭の中は霞がかかったようで、身体は鉛のように重い。何が起きたのか、最初は全くわからなかった。やっとのことで上半身を起こし、テーブルの上の二つのコーヒーカップを見て、昨夜のことを思い出した。しかし、何もかも夢の中で起きたことのように感じた。

窓の外は真っ暗だった。まだ夜は明けていない。

時刻を確かめようと腕時計に目を向けようとして、それがなくなっていることに気づいた。

床に財布が落ちていた。拾って中を確認する。三万数千円入っていたはずの現金がなくなっている。

――菜愛が盗んだ？

信じられなかった。しかし、何か薬を呑まされ、眠らされたことは間違いない。

もう一度財布の中身を確かめる。クレジットカードや銀行のキャッシュカードはそのままになっている。

重たい頭を動かして部屋を見回す。荒らされた様子はなかった。現金と腕時計だけを盗って、菜愛は姿を消したのか。

気を失う前の会話を思い出そうとした。映画の話をしていたような気がする。しかし、内容は全く覚えていない。

——苦しむとええわ。

最後の菜愛の言葉だけが頭の中で響く。

視界は霞んでいた。身体は、床にめり込んでしまうかと思えるほど重い。

崩れるようにして、知愛は横になった。

そして再び、泥のような眠りに落ちた。


次に意識を取り戻したときは、朝になっていた。窓に引いたカーテンを通して、光が差し込んでいた。

自分がベッドに横たわっているのがわかるまで数秒かかった。

すぐに、おかしい、と思った。さっきは、リビングの床に寝ていたはずだ。無意識のうちに自分で寝室に来たということだろうか。

チリチリと痛む頭を押さえながらベッドから下り、壁をつたうようにしてドアに向かう。ドアを開けた途端、知愛は、驚きに大きく目を見開いた。

リビングのソファに、見知らぬ男が座っていた。

知愛の姿を見た男が、弾かれたように立ち上がる。

悲鳴を上げかけたとき――、目の端に、キッチンに立つ菜愛の姿が見えた。口を半開きにしたまま、知愛は固まった。

「大丈夫や。怪しいモンやない」

穏やかな口調で菜愛は言った。

「いったい――」

口を開きかけたとき、足元がふらついた。

菜愛が駆け寄り、身体を支えてくれた。そのままソファまで歩き、腰を下ろす。男は、立ったまま黙って知愛を見下ろしている。

「驚かずに聞いてや」

菜愛は、知愛の手を握った。

「この人、うちらのお父ちゃんやて」

ゆっくり顔を上げ、男に目を向ける。

見覚えがあった。御旅所の前にいた男だ。落ち着かない様子で誰かを待っているように見えた。

「お父ちゃんて……、実の父親？」

「そうや」

落ち着いた表情で、菜愛がうなずく。

男は、涙ぐんでいるように見えた。

男は「梶本《かじもと》裕二」と名乗り、名刺を差し出して知愛に自己紹介した。そして、御旅所の前から二人のあとをつけ、ずっとマンションの前にいたのだと説明した。菜愛は、外に出たところで声をかけられ、いっしょに近くのカフェに行ったと付け加えた。

話を終えてカフェを出ると、二人は、再びマンションの前に引き返した。そして、祇園祭から戻ってきた住人が自分のキーでオートロックのドアを開けるのを待ち、そのあとに続いて中に入った。部屋に戻ると、寝込んでいる知愛を抱きかかえてベッドに運び、自分たちは、知愛が目覚めるのを、ひと晩中リビングで待っていたのだという。

知愛の頭の中は、嵐のように混乱した。パニック寸前だった。ひとまずリビングを離れ、トイレでひとりきりになって気持ちを落ち着けたあと、洗面所で頭から水を被る。バスタオルで髪を拭きながら、深呼吸を繰り返した。

リビングに戻ると、コーヒーの香りがした。勝手にキッチンを使ったことをあやまりながら、菜愛は、三人分のコーヒーカップをテーブルに置いた。

知愛は、黙ったままカップを口に運んだ。濃いコーヒーが、少しずつ意識を目覚めさせる。頭痛も少しだけ和らいでいる。

「ごめん。これは返しとく」

現金と腕時計をテーブルに置くと、菜愛は、改めて自分のことを話した。何年も前から御旅所に来ていたことを知って、知愛は言葉を失った。

「梶本さん」

少しだけ落ち着きを取り戻すと、知愛は、実の父親だという男に向き直った。

「あの……、まず、うかがいたいのですが……、私たちの母は、本当に亡くなっているのですか？」

「はい」

梶本が、わずかに目を伏せる。

「私も、実は、つい最近まで知らなかったのですが……、出産直後に……、子宮からの大量出血が原因だったそうです」

それを知ったのは今年の一月になってからで、二人の母親が妊娠していたことさえ知らなかったと、梶本は続けた。

「どうして今になって――」

「久美子さんの――、あなたたちのお母さんの、昔の友だちから連絡があったんです。彼女は――、山脇《やまわき》侑子さんという方なのですが、久美子さんが女の子の双子を出産したこと、その双子が、それぞれ別の家庭に引き取られたことを教えてくれました。侑子さんは、父親が私なのかどうか確かめたかったんです」

「ちょっと待ってください。連絡があったって……、どうして二十年も経ってからなんですか?」

「久美子さんが亡くなったとき、侑子さんは、父親が誰なのか突き止めようとしたそうです。でも、見つからなかった。私たちは付き合っているのを隠していましたし、私は妊娠を知らないまま久美子さんと別れて、料理の修業のためにイタリアに渡っていました。久美子さんは、自分の携帯やパソコンから、私に関する全ての記録を消してしまっていたようです。それは――、子どもは自分ひとりで産んで育てるという、久美子さんの決意のあらわれだったのかもしれません。私はもう日本にいなかったから、久美子さんにそんなことが起きているとは、思ってもいなかった。私が日本に帰ってきたのは、それから五年経ってからなんです」

菜愛は、口を挟むことなく、黙って梶本と知愛の会話に耳を傾けている。ひと晩いっしょにいたのだから、梶本からは、すでに話を全て聞いているのだろう。

「侑子さんは、久美子さんの命日には、今でも必ず墓参りをしているそうです」

知愛に向かって、梶本は話を続けた。

「去年墓参りをしたときに、今年、あなたたちが二十歳になることを思い出して……、もう一度父親捜しをしてみようと思い立ったんだそうです」

「それは……、二十歳になったら、私たちが御旅所に行くかもしれないと思ったからですか？」

「ええ」

梶本がうなずく。

「侑子さんは、その可能性はあると思っていた。信じていた、と言ったほうがいいかもしれません。できればその場に父親も行かせたいと侑子さんは考えた。それで、二十年振りに父親捜しを始めたんです。

とはいっても、探偵のようなことができるわけではありません。当時撮った写真を残らず見直してみたり、日記を読み返したり、昔の同僚に電話で話を聞いたり……、そんなことだったようですが……。そんなときに、テレビのワイドショーの中で、大阪に新しくオープンしたホテルが紹介されたんです。私も、レストランの料理長としてインタビューを受けて……、たまたまそれを見ていた侑子さんが、もしやと思ったそうです。それで私に連絡をくれたんです」

「御旅所に行ったのも、そのお友だちに言われたからなんですね」

「はい。実をいうと、半信半疑だったのですが……、まさか本当に会えるとは――」

「こんなこと……、奇跡ですよね」

胸が震え、目頭が熱くなった。

「こうなったのも、まだ生きているとき、お母さんが『古都』の登場人物の名前を付けてくれたから――」

「いえ。それは違うんです」

「違う?」

「久美子さんは、生前にあなたたちの名前を付けてはいません。あなたたちの名前を考えたのは、久美子さんではなく、侑子さんだそうです」

知愛は眉をひそめた。どういうことだ。

「出産直後に久美子さんが亡くなったあと、伯父さんが病院にみえたそうです。伯父さんは、生まれた双子は養子に出すしかないと侑子さんに話したようです。菜愛さんは心臓に疾患があって当分は入院しなければならず、双子は、おそらく別々の家庭に引き取られることになる。それを聞いた侑子さんは、愕然としたそうです」

久美子は亡くなり、父親は誰かわからず、双子の姉妹も離ればなれになる──。侑子は、それでは天国の久美子が可哀そうだと思った。それで一計を案じた。

侑子は、久美子が『古都』を愛読していたことを知っていた。そこで、双子に「知愛」と「菜愛」という名前を付け、それは生前に久美子が命名していたことなのだと伯父に伝えた。

──久美子さんの遺志を尊重して、養父母には是非その名前を使ってほしい。将来、娘が養子であることを打ち明けるときには、双子であることと、二人の名前の由来が『古都』にあることも必ず教えてあげてほしい。

侑子はそう頼んだ。

久美子の伯父は、侑子の望みを聞き入れ、乳児院の担当者と養父母の方々に、その旨を伝えた。

「双子の姉妹は、二十歳のとき、御旅所の前で出会います。そんな奇跡のようなことがあなたたちにも起きればいいなと、侑子さんは、ずっと思っていたそうです」

菜愛はポーカーフェイスだ。梶本の話を、すでに全て受け入れているのだろう。しかし、いまだに知愛の混乱は続いている。

ただし、自分たちの名前に関する疑問は解けた。

梶本には、東京に妻とひとり息子がいるが、知愛と菜愛のことはすぐに話すつもりだという。

「家族には話さんでもええんとちゃうかな」

そこで初めて、菜愛が口を挟んだ。

「今更波風立てるようなことしたって、しゃあないやんか。奥さんも子どもも、それで幸せになれるとは思えんし」

「でも、私たち、もう出会っちゃったのよ」

目の前に座っているのが実の父親だという実感は、知愛にはまだない。しかし、せっかく出会えたのだから、これからも会いたいという気持ちはある。コソコソと隠れてそんなことをしたくはない。

「私な――、父親いうたら、育ててくれたお父ちゃんしか考えられへんねん」

知愛に向き直ると、菜愛は続けた。

「この人に声かけられたときはびっくりしたけど……、けど、それだけや。嬉しいとか、感激したとか……、そんなふうには思われへん。もし、行方がわからんままになってるお父ちゃんが目の前に現れたら、私、涙流して喜ぶと思うけどな」

つらそうな顔で、梶本がため息をつく。

「あ、ごめん」

「いや、いいんです。その通りだと思う。いきなり現れて父親だと言われても、確かに実感はないでしょうね。でも、こうして出会ってしまった以上、今までと同じというわけにはいきません。これからもあなたたちに会うためにも、家族にはきちんと話しておきます」

「それは、まあ、勝手やけど……」

菜愛は肩をすくめた。

「けど、家族に話すんなら、DNA鑑定ぐらいはしたほうがええんちゃうか？　今なら割と簡単にできるんやろ？　私らも、ほんまに父親なんか、証拠がほしいし。なあ」

同意を求められたが、知愛は答えられなかった。まだ頭が事実についていけていない。

「わかりました。そうしましょう」

かわって梶本が答えた。そのことについては調べて連絡するという。

「すみませんが……、そろそろ仕事に行かなければなりません」

申し訳なさそうに梶本は告げた。今日は、昼に大事な客が来店することになっているという。時刻はすでに八時を回っていた。

梶本の連絡先は、すでに菜愛が聞いているという。近いうちに自分のレストランに来てほしいと二人に言い残すと、実の父親だと名乗る男は、名残惜しそうに帰っていった。

6

「私な、知愛さんに訊きたいことがあるねん」

二人きりになると、菜愛は、いきなり切り出した。

「昨日ここに戻ってきたんも、確かめたいことがあったからなんや」

「なに？」

「あんた、幸せなんか？」

真っ直ぐ知愛に目を向けると、菜愛は言った。

知愛は、無意識のうちに、今は腕時計が巻かれていない左の手首を握った。

「それ──」

菜愛がそこに目を向ける。

「リストカットの痕やろ。時計外したとき、見た」

手のひらを上にし、今ではかなり薄くなっている一本の筋に目を落とす。

「バレちゃったか……」

あえて明るく、知愛は言った。

「私、知愛さんは、なんの不自由もない、幸せな人生送ってるもんやて思い込んでた」

「私、幸せじゃないよ。幸せなフリをしてただけ」

「なんでそんなこと」

「初めて会う妹に心配かけたくなかったから、かな」

知愛は、目を伏せ、寂しげに笑った。


母は、教育熱心な人だった。ピアノにバレエ、スイミングに、家庭教師をつけての勉強――と、一週間のスケジュールはびっしり詰まっていた。エリートの父は仕事で忙しく、知愛のことは全て母任せだった。

しかし、知愛には、母が期待する水準まで達するものが、何ひとつとしてなかった。褒めてもらおうと必死に頑張ったが、待っていたのは、いつも母の失望した顔だった。

中学三年生のある夜――。知愛は偶然、両親の話を立ち聞きしてしまった。

「私たちの子じゃないんだから、出来が悪くたって仕方がないだろう」

苛立ったように、父は言った。

「お前がどうしても子どもがほしいって言うから、養子をもらったんじゃないか。赤ちゃんは選べないんだ。どんな親から生まれたのかわからないんだから、こうなることだって予想はできただろう」

父の前で、母はすすり泣いていた。

その直後、知愛は手首を切った。


「発作的にしたことで、本気で死のうと思ったわけじゃなかったけどね……」

知愛はうつむき、唇を嚙んだ。

「それからは、父も母も、腫れ物に触るように私と接するようになった。京都に行きたいって言ったとき、そんな遠いところで若い娘のひとり暮らしは心配だからって止められたけどね……、本当は、父も母も、私が家を出てホッとしたんじゃないかな」

菜愛は、黙ったまま、身じろぎもせずに話を聞いている。

「私……、さっき菜愛さんが、もし行方がわからないお父さんが目の前に現れたら涙流して喜ぶと思うって言ったとき……、すごくうらやましかった。両親のこと、私はそんなふうに思えないから」

顔を上げ、菜愛を見る。

「私は、あなたに会いたかった。実の妹なら、私を救い出してくれるかもしれないって思った」

「そうなんや……。わからんもんやな」

ため息混じりに菜愛が漏らす。

「『古都』の姉妹って、本当はどっちが幸せだったんだろうね」

知愛は言った。

二人は顔を見合わせ、微笑んだ。

エピローグ

二十年振りの京都だった。

京都駅から地下鉄に乗り、四条駅で降りて地上に出ると、八月初めのもわっとした熱気が、いきなり全身に絡みついた。

大きくひとつ息をつき、四条通を東に向かう。

祇園祭のとき歩行者天国になる通りには、今は車やバスが行き交っている。真夏の日中、歩道を歩く人の数はまばらだ。

大丸百貨店を左手に見ながら進み、寺町通と新京極通のアーケードの前を過ぎると、すぐに八坂神社御旅所だ。

そこを待ち合わせ場所に指定したのは、私だった。

石柱の横に、二人の女性の姿が見えた。ひとりは金色、ひとりは栗色の髪だが、顔は瓜二つだ。二人は、お揃いのTシャツとデニムパンツ、スニーカーといういで立ちで、にこやかに何か話している。

それを見て、胸がいっぱいになった。二十年前「無言詣り」をしたとき願ったことが現実になった。奇跡が起きたのだ。

二人は、父親との再会も果たした。ＤＮＡ型鑑定も行なって実の親子であることもはっきりしたという。

いきなり涙が溢れ出した。

双子は、同時に私に気づいた。二人揃って足早に近づき、目の前に立つ。

「山脇侑子さんですか？」

栗色の髪の女性が訊く。

黙ってうなずくと、

「来てくれてありがとう」

金髪の女性が続けた。

知愛と菜愛に、交互に目を向ける。久美子の顔が、二人の顔にだぶって見える。

御旅所の前で、私たちは抱き合い、笑顔を向け合った。

スペイン窓の少女

プロローグ

――京都――

僕は此の世の果てにゐた。陽は温暖に降《ふ》り洒《そそ》ぎ、風は花々揺《ゆす》つてゐた。木橋の、埃《ほこり》は終日、沈黙し、ポストは終日赫々《あかあか》と、風車を付けた乳母車、いつも街上に停《とま》つてゐた。

棲む人達は子供等は、街上に見えず、僕に一人の縁者《みより》なく、風信機《かざみ》の上の空の色、時々見るのが仕事であつた。

さりとて退屈してもゐず、空気の中には蜜があり、物体ではないその蜜は、常住食すに適してゐた。

林の中には、世にも不思議な公園があつて、無気味な程にもにこやかな、女や子供、男達散歩してゐて、僕に分らぬ言語を話し、僕に分らぬ感情を、表現してゐた。

さてその空には銀色に、蜘蛛《くも》の巣が光り輝いてゐた。


（中略）


中原中也《なかはらちゅうや》は、十代のとき二年間だけ暮らした京都を「此の世の果て」と表現した。

私には、その感覚がよくわかる。

私は、六歳から七歳にかけての一年四ヶ月を京都で過ごした。

京都は、それまで暮らしていた街とはまるで違っていた。この世とあの世の境にあって、人間とは違う何モノかが、いつでもどこかに潜んでいるような気がしていた。

幼かった私は、次第に京都の持つ魔力に取り込まれていった。

1

私の京都の記憶は、奇妙な窓の風景から始まっている。

二階建てのその古い家は、十字路の角に建っていた。一階には、いくつか普通の窓があった。しかし、二階部分には、中央やや右寄りに四角い小さな穴がぽつんと空いているだけで、他に窓らしきものはなかった。その小さな穴の上には、申し訳程度に庇《ひさし》らしきものが突き出していた。窓とも呼べないような四角い穴の上に、庇とも呼べないような短い板が突き出ているのだ。

私は六歳だった。

銀行員の父は、転勤を繰り返していた。母と結婚してからは、東京から静岡、名古屋――、と西への異動が続き、私が小学校に入学すると同時に、京都に転勤になった。

その奇妙な窓を見上げているうちに、様々な想像が頭の中で膨らんだ。ひとりっ子の私は、物心ついたときから、空想の中で遊ぶのが好きだった。

――あの窓の向こうには、悪いお化けが捕らえられている。逃げ出して悪さをしないよう、通り抜けられないような小さな窓しか作らなかったのだ。

私は、そんな突拍子もないことを考えた。

京都に引っ越してから、両親は、休日ごとに私を連れて神社仏閣巡りをした。その中には、おどろおどろしい幽霊画や、恐ろしい顔をした閻魔《えんま》大王像や、様々な妖怪の姿が描かれた絵巻物などが展示してある寺や神社があった。怯《おび》えながらも、私は、そんな異形の化け物たちから目を逸《そ》らすことができず、その映像は、はっきりと頭に残っていた。それが、窓の向こうにいるお化けの想像に繋《つな》がったのだと思う。

――今にもお化けが小さな窓から顔を出すのではないか。

――助けを求めて手を振るのではないか。

そんなことを考えながら、私は、息を詰めて窓を見上げていた。

不思議なことに、私の後ろに立つ両親は、その奇妙な窓を見上げて楽しそうに笑っていた。何がそんなにおかしいのか、私にはまるでわからなかった。

一九七九年当時の京都には、今のように洒落《しゃれ》たファッションビルや大規模な商業施設はほとんどなく、少し郊外に行くと、建っているのは背の低い古い建物ばかりで、寺や神社がやけに目についた。

街全体から滲《にじ》み出ている空気は、どこか暗く怪しげで、油断していると、その闇の中に取り込まれてしまいそうな気がした。

もちろん、そんな感覚を六歳の子どもが言葉で説明できるはずはない。ただ、名古屋の都心から引っ越してきたばかりの私にとって、その当時、京都は紛れもなく異世界だったのだ。


よそ者の私は、学校では恰好のいじめの対象になった。

誰ひとり知った子のいないクラスの中で、私は孤立した。同級生たちの話す京都弁は理解できず、私が話す名古屋弁を同級生たちは笑った。

それでも、私が明るく快活な子どもだったら、そんなクラスにも溶け込んでいたかもしれない。でも、私は、おとなしく、口数が少なく、元々ひとりでいることが好きな子どもだった。

授業が終わったあと、クラスのボスとその子分たちは、私を山に連れ出した。林の中に、朽ち果てかけた小さなお堂があった。私はその中に閉じ込められた。

六畳ほどの広さのお堂の片隅には、赤い前掛けをしたお地蔵さまが横倒しにされていた。他には、枯れ葉と枯れ枝が床に散らばっているだけだった。木造の建物は隙間だらけで、そこから陽の光が筋となって薄暗いお堂の中に射し込んでいた。

――お化けが来《く》んで〜。

――怖い怖いお化けに食べられんで〜。

いじめっ子たちは、口々に囃《はや》し立て、笑いながらその場を立ち去った。

押しても引いても、扉は開かなかった。外からかんぬきがかけられていたのだ。私は大声で喚《わめ》き、扉を叩《たた》き続けた。しかし、誰も助けに来てくれなかった。

木がもろくなっているところを見つけようと、ミシミシと軋《きし》む床を踏みしめて板壁を叩いて回った。でも、私の力で破ることができそうな場所はなかった。

壁に背をつけて座り、膝を抱える。

五月半ばにしては日中の気温は低く、陽のあたらないお堂の中は冷え冷えとしていた。ガタガタと震えながらじっと耳を澄ますが、近づいてくる足音は聞こえない。ざわざわという葉擦れの音だけが頭上から降ってくる。

板壁の隙間から射し込む光は少しずつ弱くなり、お堂の中の暗さが増した。風がガタガタと建物を揺らし、葉擦れの音が強くなる。

周りから光が消えかけたとき――、板壁の隙間から、すうっ、と白い煙のようなものが入ってきた。

煙の先が指のような形に分かれ、広げられた手が私に迫ってくる。

白い手はひとつではない。さっきまで光が射し込んでいたいくつもの隙間から、何本もの手が伸びてくる。四方から白い手が迫ってくる。自分たちが棲む世界へ、私を連れて行こうとしている。

私は、四つん這《ば》いになりながらお堂の中央に移動した。そこまでは、腕は届かない。何本もの手が宙を掻く。

――ゴトッ。

何かが動く音がした。

振り向くと、さっきまで横になっていたお地蔵さまが立ち上がっていた。

音もなく、ゆっくりと、お地蔵さまが近づいてくる。

私は悲鳴を上げた。そして、その場に昏倒した。

女の人の悲鳴で目が覚めた。

母だった。私の名前を呼びながら駆け寄り、床に伸びていた身体《からだ》を抱きかかえる。

お堂の外には、たくさんの大人がいた。母は、泣きながら私に頬ずりした。

そこでまた、私は意識を失った。

悪ガキたちは、最初は、しばらくの間だけ私を閉じ込めておこうとしたらしい。ところが、自分たちの遊びに夢中になり、私のことをすっかり忘れてしまった。

夕方遅くになっても帰ってこないことを心配した母が学校に連絡し、担任教師が同級生の家に電話をかけて、ようやくお堂に閉じ込められたことがわかったのだった。

その日から、私は、高熱を出して寝込んだ。起きられるようになったのは、一週間ほど経ってからだったらしい。

学校は、いじめっ子から遠ざけるために、私を別のクラスに移した。しばらくの間は母が付き添って登校し、授業が終わる頃に迎えに来てくれた。

新しく担任になった女性教師も、同級生も、腫れ物に触るように私を扱った。必要なこと以外、誰も口を利こうとしなかった。私には、教師や同級生の顔が、目も鼻も口もないのっぺらぼうに見えた。

ひとりで登下校ができるようになると、私は、学校帰りに奇妙な窓のある家に立ち寄るようになった。家の二階に囚《とら》われているお化けが、お堂に閉じ込められた自分の姿と重なったのではないかと思う。私はお化けに同情していたのかもしれない。

私は、窓を見上げて空想に耽《ふけ》った。

あるときは、窓の向こうにお化けの顔が見えた。

また、あるときは、窓からぬっと毛むくじゃらの腕が伸びてきた。

私は、真っ青になって駆け出した。

それなのに、翌日にはまたその場所に戻っていた。

お化け以外のものも、私は、そこで見ていたような気がする。

でも、それが何かは思い出せない。


その日の夕暮れどきも、私は、道端にしゃがみ込んで窓を見上げていた。

空は一面雲に覆われ、陽の光はほとんど地面に届いていなかった。

今にも雨が降り出しそうで、空気は湿って重かった。

すると、不意に誰かが私を呼んだ。

驚いて声がしたほうを見上げると、いつの間にか、少女がすぐ横に立っていた。まるで、薄闇の中から忽然《こつぜん》と現れたかのようだった。

少女は、紺色の着物を着ていた。多分、浴衣だったと思う。それは夏休みに入る直前のことだった。少女は、私よりいくつか年上に見えた。

そのとき何を話したかは、全く覚えていない。私たちはすぐに仲良くなった。

私と手を繋ぐと、少女は歩き出した。通りに人の姿はなく、カラスだけが鳴き声を上げながら私たちの頭上を旋回していた。

少女は、古い壁の割れ目の中に入って行った。手を引っ張られるままに私もあとに続いた。

そこは、異世界へと続く細道だった。右に折れ、左に曲がり、誰もいない道を進んでいく。道の両側から薄明かりが射し、先を行く少女の背中を照らしている。ひたひたと、私たちの足音だけが響く。

暗さを増した道の突き当たりに、妖怪の住む家があった。皺だらけの妖怪が現れ、人には理解できない言葉で、私と少女を家の中へと誘った。

そのあと何をしたかは覚えていない。いつの間にか、私は、少女といっしょにまた奇妙な窓の家の前に立っていた。

またね――、と言いながら手を振る少女に見送られながら、夢を見ているようなふわふわした気分で、私は自宅に帰った。

ひとりで登下校するようになってからも、私は、腹痛や発熱で度々学校を休んでいた。月の三分の一近くは家にいたのではないかと思う。

両親の間では、いさかいが絶えなくなっていた。

私のことを考えて、母は、京都から出て行きたかったのだと思う。父は、何年かすれば転勤するのだから我慢しろと言っていた。二人の口喧嘩《くちげんか》の中で私の名前が出る度に、私は耳を塞ぎ、目を閉じた。

学校にも家にも、私の居場所はなかった。

完全に不登校にならなかったのは、少女のおかげだった。

登校した日は、夕方まで外で遊ぶことを母は許してくれた。私は、奇妙な窓の家の前で少女を待った。

たいてい少女は来てくれたが、しばらく待っても姿が見えないときは、ひとりで妖怪の住む家に行った。妖怪は、いつでも私を受け入れてくれた。待っていると、少女がやって来た。

少女と私は、手を繋いで外に出た。古い街並みの中を駆け回り、近くの商店街を歩き、近くを流れる川で遊び、森の中で昆虫を探した。

知り合って間もない頃、奇妙な窓の家からそれほど遠くない、小さな神社に行ったことがある。

——ふたりだけのやくそくしよ。

手を繋いで鳥居をくぐるとき、少女は、確かそんなことを口にした。

何故か、私たちの前には、とても大きな石があった。私の身長ほどもありそうな、大きな石だった。何故神社にそんな石が置いてあるのか、不思議に思った覚えがある。

少女は、私に向かって何かを訊《き》いた。おそらく、私はうなずいたと思う。

そのあと、少女は、何か言葉を付け加えた。

それを聞いて、私はとても嬉しかった。天にも昇るような気持ちになったことだけは覚えている。

私たちは、指切りし、石に向かって手を合わせた。

おそらくあのとき、私たちは、二人だけで大事な約束を交わしたのだ。しかし、それがなんだったのか、全く思い出せない。

それは、私の、少女に対する罪悪感のせいだ。

小学校二年生の夏休みが始まって、間もない頃だったと思う。

その日、私は、少女といっしょにお祭りに行く約束をしていた。

私が着る浴衣も用意してあるからと、前の日に、少女は楽しそうに話していた。私も、とても楽しみにしていた。絶対に行くと約束した。

ところが、その日の昼前――、母は、突然、私の手を引いて家を出た。これから京都を出て行くという。

私は、泣きじゃくりながら抵抗した。

――今日は約束がある。

そう言って、何度も母の手を振りほどこうとした。しかし、母は、手を放してくれなかった。タクシーに押し込められ、京都駅で新幹線に乗せられた。

山梨県甲府《こうふ》市にある母の実家に着くまで、私はずっと泣いていた。

奇妙な窓の家の前で待ち続ける少女の姿が、頭の中から消えなかった。

私は約束を破った。

絶対に裏切ってはいけない相手を裏切ってしまったという罪の意識だけが、私に残された。

母と私は、二度と京都には戻らなかった。

京都にいた一年四ヶ月の間で、私の記憶に残っているのは、限られたことしかない。

奇妙な窓がある家の風景と、お堂に閉じ込められたときのこと、繰り返される両親の喧嘩、そして、少女と過ごした日々――。それぐらいだ。

京都で、私は、父を失い、唯一の友だちを失った。

一年後に父との離婚が成立するとほどなく、母は、高校時代の友人と二人で甲府市内に喫茶店を開いた。一九八一年——。私が八歳のときだ。

手作りの焼き菓子がメインの家庭的な店で、そこそこ繁盛していた。母は毎日忙しそうだったが、とても生き生きと、楽しそうに、朝早くから夜遅くまで働いた。

離婚後は、父とは、一年に数回会うだけの関係になった。

父は、私が中学二年のとき再婚し、東京で新しく家庭を持った。それからは、ほとんど会うことはなくなった。

七歳で離れてから、私は、京都には一度も行っていない。中学生のときは、京都への修学旅行の前夜、突然高熱を出して参加できなくなった。心も身体も拒否反応を示したのだ。

その後も、誘われても京都への旅行だけは断り続けた。

唯一の楽しい記憶だった少女についても、年月が経つにつれて、本当に存在していたのかどうか確信が持てなくなっていた。

——あの少女は、幼い私が孤独を紛らすために作り出した幻影なのではないか。

そんな風にすら考えるようになった。

忙しい母に代わって私の面倒を見てくれた祖父母は、私が地元の大学に通っている間に、相次いで他界した。

そして、大学を卒業して一年後に、母の胃に癌が見つかった。一九九六年のことだ。

手術はしたが、すでに全身に転移しており、手の施しようがない状態だった。

手術から二年後の七月――。

すでに死が近づいていることがわかっていたのだろう、病室で二人きりになると、母は、涙ぐみながら私の手を握った。

「ごめんね」

掠《かす》れた声であやまり、握った両手に力を込める。

「なんだよ、いきなり」

「ちゃんとあやまらなきゃって、ずっと思ってたのよ」

「なにを？」

「あなたには、すごく寂しい思いをさせちゃったから」

「今更なんだよ」

私は苦笑いを返した。

父がいなくなり、母はほとんど家におらず、転校しても学校では浮いた存在で友だちもできなかったから、確かに私は孤独だった。でも、それは子どもの頃のことだ。

私は二十五歳になっていた。地元の大学を出て山梨県庁の職員になり、平凡な人生を歩もうとしていた。京都にいたときのことなど、思い出すことはほとんどなくなっていた。

「それに、あなた、京都にいたときのことがトラウマみたいになってるでしょ？」

真《ま》っ直《す》ぐ私を見つめながら、母が続ける。

「修学旅行にも行けなかったし、『京都』って聞くだけで今でもすごく嫌な顔になるし……。京都になんか行ったから、あなたにも辛《つら》い思いをさせちゃった」

「あやまらなきゃいけないのは、俺のほうだよ」

私は目を伏せた。

「母さんたちの仲が悪くなったのは、元々は俺が不登校みたいになったからだろ」

「何言ってんのよ」

母は薄く笑った。

「私とお父さんて、京都に行く前からうまくいってなかったのよ」

「そうなの？」

初めて聞く話だった。

「浮気してたのよ、お父さん。それがわかって、一度は離婚しようとしたんだけど、あなたがいたから、そのときは思いとどまった。ちょうど京都へ転勤が決まったときだったから、違う場所でやり直せるかもしれないって思った。でもね……、私、京都に馴染《なじ》めなかったのよね。言葉もよくわからないしさ……、それに、京都の街って、なんか陰気じゃない？　路地の奥から、ひょっこりお化けが飛び出してきそうな雰囲気もあるし。そういうの、なんか怖くて」

「うん」

どうやら私と母は、似たような感性を持っているらしい。

「お父さんのほうはね、結構気に入ってたみたい。若い女性が話す京都弁聞くとうっとりするなんて言ってたな。ま、接待で祇園のスナックにでも行ってたんだろうけどね」

母は笑った。屈託《くったく》のない笑顔だった。つられて私も笑った。

「お父さん、転勤しても相変わらず遅くならないと帰ってこないし、私のこともあなたのこともほったらかしで……。そんなとき、あなたのお堂閉じ込められ事件が起きたのよ。でも、お父さん、あのときも仕事で手が離せないからって、すぐには来てくれなかった。それで、本当にもうダメかもしれないって思った。離婚するまで、ずいぶん時間がかかっちゃったけどね。だから、別にあなたのせいじゃないのよ」

そこで母は、ふっと小さく笑った。

「でも、京都に住み始めた頃は、楽しいこともあったよね。観光客みたいなもんだからさ、三人でいろんなとこへ行ったよね。私、やり直せるかもしれないって、本気で思ったんだけどな。その頃のこと、覚えてる？」

「まあ、ぼんやりとだけどね」

母の話を聞いているうちに、あの奇妙な窓の家のことが頭に浮かんだ。あの家はいったいなんだったのだろうと思った。

「あのさ、ちょっと教えてほしいんだけど――」

私がその家のことを説明すると、

「それって、スペイン窓の家のこと？」

母からは、即座に答えが返ってきた。

「あれ、スペイン窓っていうの？」

「そうよ。あそこには、中原中也が住んでたことがあるらしいんだけど、あの窓のことを、中也は『スペイン風の窓』って呼んでたらしくて……、自分はスペイン風の窓がある家に下宿してるんだって、知り合いに話してたらしいの。なんであの窓がスペイン風なのか、私にはわからないんだけどさ――、とにかく、中也がそう名付けたおかげで、あの窓は、

『スペイン窓』って呼ばれ始めて、中原中也ファンの間で有名になったのよ。大正時代に建てられた家と窓がそのまま残ってるってのが、まあ、京都らしいとこよね」

「そういえば、母さん、何冊も中原中也の詩集を持ってるよね」

「若い頃からずっと好きなの。京都にいたときは、ひとりで中也にゆかりのある場所を巡ったりしてたのよ。私たちが住んでたマンションのすぐ近くにスペイン窓の家があるってわかったときは、あなたとお父さんと三人で見に行ったっけ。なんか想像してたのとは違って、お母さんもお父さんもおかしくなっちゃって」

そのときのことを思い出したのか、母は微笑んだ。

ガイドブックなどを見て期待に胸を膨らませ、いざその場所に行ってみると、想像していたのとは違ってガッカリするようなことがよくある。実際に窓を見た母は、ガッカリを通り越して呆《あき》れてしまった。それで、父と二人であんなに楽しそうに笑っていたのだ。

「そういえば、あなた……、京都を出るとき、『お化けの窓の家でお姉ちゃんが待ってる』って、泣きながら何度も言ってたよね。あれがスペイン窓の家のことだったの？　私、あのとき興奮してたから、ちゃんと聞かずに引っ張ってきちゃったんだけど……」

――お姉ちゃんが待ってる。

その言葉に、私は動揺した。心の奥底が、じりり――、と疼《うず》いた。

そのとき、私は、少女の姿をはっきりと思い出した。

少女は幻影などではない。確かに存在していた。

しかし、それ以上に、何か大切なことを思い出せそうな気がしていた。

「どうしたの？」

私の表情が変わったことに気づいたのだろう、心配そうな顔で母が訊く。

「いや。いつも遊んでもらってた近所のお姉ちゃんがいて……、その日はお祭りに連れて行ってもらう約束をしてたんだ」

「そうだったの。ごめんね、ほんと」

「うん」

記憶の蓋《ふた》が、外れそうな予感があった。

――両親の離婚が自分のせいではなかったこと。

――少女の存在がはっきりしたこと。

――そして、「お姉ちゃん」という呼び名。

蓋の上に載っていた重しが少しずつなくなり、今にも外れそうだ。

胸の中がざわめき始めていた。何かを思い出せそうな気がした。

しばらく寝る、という母にお休みを告げると、私は病室を出た。

母の部屋の本棚には、中原中也の詩集が何冊もあった。

一冊を抜き出し、パラパラとページをめくる。中也の詩は、教科書で見たくらいで、ほとんど読んだことはない。

その中に、京都について書いた作品があった。

『僕は此の世の果てにゐた。』

その一文で始まる詩を読みながら、私は、自分が京都にいたときの感覚を思い出した。

——京都は、この世とあの世の境にあって、人間とは違う何モノかが、いつでもどこかに潜んでいる。

京都にいる間、私はずっとそんなふうに考えていたように思う。

本棚には、詩集の他にも、中也の伝記や評論、特集が組まれた雑誌などが並んでいた。

その中に、文庫本よりひと回り小さなサイズの薄い本があった。

表紙を見ると「中原中也の京都」とタイトルがついている。どうやら、中也が京都で暮らしていたときの足跡をたどり、ゆかりの場所の写真や解説が掲載された、ポケットサイズのガイド本のようだ。奥付を見ると、発行は一九九七年。昨年だ。その年が中原中也の没後六十年で、それに合わせて制作されたものらしい。

母がこのガイド本を買っていたことは、少し驚きだった。病床で本を読みながら、母は、京都で中原中也ゆかりの場所を巡ったときのことを、懐かしく思い出していたのだろうか。母にとって、京都は、悪い思い出だけが残る場所ではなかったということか。

目次に「スペイン窓の家」という項目があった。早速そのページを開く。

古い写真が載っていた。確かにあの家だった。

エッセイ風に書かれた文章を読んでいく。

中也は、わずか二年ほどしか京都で暮らしてはいないが、中でもその家には、大正十三(一九二四)年から翌年にかけての数ヶ月間しか住んでいなかったらしい。

それでもこの家が有名になったのは、後に評論家の小林秀雄《こばやしひでお》との三角関係が世間を賑《にぎ》わすことになる、女優の長谷川泰子《はせがわやすこ》と同棲していたことが理由のようだ。当時、中也は十七歳、泰子は二十歳。二人が東京に去ってからも、その家は、中也が名付けた「スペイン窓」と共に語り継がれることになった。

十字路の角に建つスペイン窓の家を、私は、いつも東側から見ていた。二階部分に奇妙な窓があるその家は、それ自体が奇妙な建物として私の目に映った。しかし、写真に写った同じ建物を北側から見てみれば、一階には普通に玄関があり、二階には大きな窓が連なっている。それは、ごく普通の家だった。

私は、その家の全体を見ていなかったのだ。

教科書で読んだ覚えがある中也の詩の一節が、ふと頭に浮かんだ。

海にゐるのは、
あれは人魚ではないのです。
海にゐるのは、
あれは、浪ばかり。

海原《うなばら》に立つ波を見て、人はそれを人魚だと思い込む。でも、それはただの白い波だ。

お化けが捕らえられていると信じた奇妙な家は、見方を変えれば、ごく普通の家に過ぎない。

――異界へ続く暗く細い道。その果てにある妖怪が住む家。

それにも、きっと何か別の意味がある。まだ見えていないことが、多分本当のことなのだ。

どうすべきか、しばらくの間、私は考えた。そして、京都に行ってみようと決めた。あのときの少女に会えるとは思えない。ただ、長年抱えてきたトラウマから自由になりたかった。そのためには、もう一度京都に行く必要があると思った。

私は、「中原中也の京都」だけを持って家を飛び出した。

甲府で特急列車に乗り、静岡で新幹線に乗り換える。

十八年振りに、私は、京都に戻った。

2

夕焼けが西の空を真っ赤に染めている。

東から音もなく闇が迫ってくる。

私が今立っている場所が、ちょうど昼と夜の境目だ。

私は、光と闇の真ん中にいる。

スペイン窓の家は、昔とほとんど変わらぬ姿で建っていた。

辺りに人の姿はない。

道端に立って見上げていると、窓の向こうにお化けの顔が見えた。

顔が引っ込んだと思うと、毛むくじゃらの腕が窓からにゅっと突き出された。こっちへ来い、というように私を手招きする。

私は目を閉じ、お化けの幻を追い払った。

目を開けると、背後に気配を感じた。

振り返ると、父と母が立っていた。二人とも楽しそうに笑っている。窓を見上げて、ケラケラと笑い声を上げている。

そのとき、私はわかった。

私がこの窓の下に来るようになったのは、閉じ込められているお化けに同情したからではない。ここが、両親が二人で笑っているのを最後に見た場所だからだ。

私は、楽しげに笑う両親の幻影を見ていたのだ。

雨が、あがつて、風が吹く。

雲が、流れる、月かくす。

みなさん、今夜は、春の宵。
　なまあつたかい、風が吹く。
なんだか、深い、溜息が、
なんだかはるかな、幻想が、
湧くけど、それは、摑めない。
　誰にも、それは、語れない。

誰にも、それは、語れない
　ことだけれども、それこそが、
いのちだらうぢやないですか、
　けれども、それは、示《あ》かせない……

不意に、腕を摑まれた。
いつの間にか、紺色の浴衣を着た少女が横に立っていた。

スペイン窓の家の前で初めてその男の子を見たとき、わたしは、弟が自分を訪ねて来てくれたのだと思った。

その男の子は、道端にしゃがんで、スペイン窓の家を見上げていた。

記憶の中にある弟と、その子の顔立ちはよく似ていた。もっとも、そう思いたかっただけなのかもしれない。最後に弟を見てから、すでに三年経っていた。

そっと近づくと、わたしは、弟の名前を呼んだ。

男の子は、きょとんとした顔でわたしを見上げた。そして、小さく首を振った。

＊

弟には一度しか会ったことがない。

わたしがまだ一歳になる前に、父が交通事故で死んだ。その一年後——、母は、わたしを父方の祖父母に預けて姿を消した。母には身寄りがなかったらしい。

わたしは、祖父母に育てられた。

祖父は市内にある呉服店で働き、祖母は、自宅を工房にして着物や帯に刺繍《ししゅう》する仕事をしていた。二人は、わたしを可愛がってくれた。

小さな男の子の手を引いて、母が祖父母の家を訪ねて来たのは、わたしがまだ小学校に上がる前、五歳か六歳のときだった。わたしには、もちろん、その女性が自分の母親だという実感はなかった。

母が祖父母と話している間、わたしは、隣の部屋で、弟だというその男の子と積み木をして遊んだ。

男の子は、すぐにわたしになついた。「お姉ちゃん、お姉ちゃん」と呼びながら私にまとわりつき、首に腕を巻きつけてきた。弟からは、甘酸っぱい匂いがした。頬っぺたにキスをすると、弟は、くすぐったいと言って身体をよじらせた。

それまで抱いたことがなかったような、ふんわりとした温かい感情が、胸の奥から湧き出していた。弟と遊びながら、このままずっとここでいっしょに暮らしたいと思った。

あとで聞いたところでは、そのとき母は、金の無心に来たのだという。京都を出てから大阪の飲食店で働き、そこで知り合った町工場の跡取りと結婚したが、資金繰りに行き詰まったらしい。祖父母のところに来て土下座しなければならないほど切羽詰まっていたようだ。

母は、事業がうまくいくようになったら、わたしを引き取って育てたいと申し出たらしい。祖父母は、それをきっぱりと断り、数百万円を融通するかわりに、二度と来るなと言い渡したという。

母と弟を見送るために、わたしは家を出た。

スペイン窓の家の前まで来たとき、祖母が後ろからわたしを抱きかかえた。それ以上行かせないためだった。

眠り込んでしまった弟を背負い、何度も何度も振り返りながら、母は去っていった。

わたしは泣いた。母ではなく、弟と会えなくなることが悲しかった。

それからは、スペイン窓の家の前を通りかかる度に、去って行く母と弟の後ろ姿が頭に浮かんだ。


道端でしゃがんでいる男の子の姿を見たのは、小学四年生の夏だった。わたしは、祇園祭に合わせて新しく祖母に作ってもらった浴衣を着ていた。

弟ではないとわかっても、その男の子を置いて立ち去ることはできなかった。男の子は、悲しげで寂しそうで、誰かに助けを求めているように感じた。

わたしは、祖父母の家に連れていった。最初はおどおどしていたが、しばらくすると、その子は笑うようになり、自分から話をするようになった。

わたしたちは、積み木をした。弟と遊んでいるようで楽しかった。

またスペイン窓の家の前で会うことを約束して、わたしたちは別れた。

もっとも、その奇妙な窓が「スペイン窓」と呼ばれ、中原中也が一時住んでいた家だと知ったのは、もっとずっとあと——、中学の国語の授業のときだった。中也好きの教師が教えてくれたのだ。それからわたしは、中也の愛読者になった。

男の子は、あの窓の向こうにはお化けが閉じ込められているのだと言っていた。だから、わたしたちは、当時、それを「お化けの窓」と呼んでいた。

わたしは、学校の課外活動で遅くなるとき以外は、必ずスペイン窓の家に行った。わたしが遅くなったとき、男の子は、祖父母の家で待っていることもあった。祖父母も、その子を可愛がっていた。

わたしの姿を見ると、男の子は、嬉しそうに笑いながら手を振ってくれた。

わたしは、男の子の手を引いて、いろんなところに連れて行った。

ある日——、わたしは、男の子を近くの神社に連れて行った。幸神社《さいのかみのやしろ》という、街並みに埋もれるようにして建っている小さな神社だった。

本殿の裏手には、大きな石が祀ってある。その石は「石神さま」と呼ばれ、縁結びの神さまが宿っているという。

——石神さまの前でお祈りしたら、一生切れへん縁が結ばれるんやで。

祖母は、そう話していた。

私と男の子は、その石の前で指切りをした。一生続くはずの約束をしたはずだった。

お祭りの日から、男の子は姿を消した。祖母が作ってくれた、お揃いの浴衣に袖を通すこともなかった。

わたしは、毎日、スペイン窓の家の前に立ち続けた。でも、男の子は来なかった。

母と弟も、二度とわたしの前に現れなかった。

——行方がわからへんようになった。

祖父が祖母に話すのを、わたしは聞いた。

わたしは、二人の弟を失った。

それからも、わたしは、スペイン窓の家の前で必ず足を止めた。

母に背負われて去っていく弟と、道端にしゃがんでスペイン窓を見上げる男の子の姿が、いつも頭の中に浮かんだ。

大学を卒業すると、大阪にある出版社に就職した。自費出版が中心の小さな会社だったが、たまにサブカル的なマニアックな企画本を出すこともあった。

祖父は数年前に鬼籍に入っていたが、祖母が亡くなると、わたしは、三年間勤めた会社を辞め、信頼できる優秀な女性の先輩を誘って、編集プロダクションを立ち上げた。自分の好きなテーマで本作りをしたかったのだ。

幸い、祖父母が残してくれた遺産があったから、それを使って京都の家をリフォームし、そこをオフィスにした。わたしは、自分たちの会社を「編集プロダクション　窓」と命名した。

先輩のツテのおかげもあって少しずつ仕事は増え、アルバイトを二人雇うまでになった。


その日の夕方――、出先からオフィスに戻る途中だった。

スペイン窓の家の前の道端に、男の子がしゃがんでいた。

首を捻《ひね》ってわたしを見上げると、男の子は、白い歯を見せて笑った。

幻影だということはわかっていた。

それでも、わたしは、笑みを返した。

わたしが手を差し出すと、男の子が握った。

夕暮れの街の中、真っ赤な夕焼けを見ながら、わたしたちは歩き出した。

浴衣の少女は、微笑みながら私に手を差し出した。

幻影だということはわかっていた。

でも、私は、少女に笑みを返し、その手を握った。

少女が歩き始める。引っ張られるようにして私も歩き出す。

古い町家の建物の間に、路地への入口があった。

＊

私たちはそこに入った。

細い道が続いている。両側の家の窓から、薄い明かりが漏れている。その淡い光が、少女の背中を照らしている。石畳の道に、ひたひたと足音が響く。

右に曲がり、左に折れて進むと、突き当たりに平屋の住居があった。町家をリフォームしたらしく、建物の外観は古さと新しさが入り混じっている。玄関の引き戸の横には、「編集プロダクション 窓」という木の看板。今は、住居ではなく、オフィスとして使用されているようだ。

パチン――、と音を立てて記憶の蓋が外れた気がした。

忘れていた事実が、頭の奥底から噴き出してきた。

かつてここには、少女の祖父母が住んでいたのだと思う。皺くちゃでシミだらけの女性が、よそから来た私にはまるで理解できない、昔ながらの京都弁で話しかけた。

私は、度々ここを訪れた。家に上がり、ジュースやお菓子をご馳走になった。積み木で遊んだ覚えもある。

私と少女は、スペイン窓の下で落ち合い、スペイン窓の下で別れた。約束をしないでも、スペイン窓の下で待っていれば、少女が来てくれた。そして、私をどこかに連れて行ってくれた。

――お姉ちゃん。

幼い自分の声が、不意に頭の中で響いた。

突然、神社での記憶が甦《よみがえ》った。

――うちら、今日から姉弟《きょうだい》にならへん？

大きな石の前に並んで立つと、少女は訊いた。

――ほんまの姉弟ちゃうけどな。せやけど、ほんまの姉弟と同《おんな》じや。かまへんか？

私はうなずいた。

――お姉ちゃん。

少し照れ臭かったが、声に出して呼んだ。目を細めて頬を弛《ゆる》めると、少女は、私の頭をくしゃくしゃと撫でてくれた。

――これからは、お姉ちゃんがずっと守ってあげるさかい。ずっとずっと、あんたのこと、守ってあげるさかい。約束する。

私たちは指切りし、石に向かって手を合わせた。

――お姉ちゃんといれば、もう何も怖いものはない。

身体を震わせながら、私は笑った。嬉しくて嬉しくて、空も飛べるような気がした。

我に返ると、私は横を見た。浴衣の少女の姿は消えていた。

ひとつ小さく息をつき、玄関に向き直る。

改めて木の看板に目をやったとき、どこかで見た名前だと気づいた。

ジャケットのポケットに突っ込んでいた「中原中也の京都」を取り出し、奥付のページを開く。「編集・制作」の欄に並んだいくつかの会社名の中に「編集プロダクション　窓」があった。

――目の前の扉の向こうに、きっと少女がいる。

私は確信した。

私は、玄関の引き戸を開けた。

内部は、奥に長い町家特有の作りになっている。

すぐ前にカウンターがあり、その向こうに並んだデスクに、若い男女が座っていた。その奥のデスクには、二人よりいくらか年上に見える女性が二人。

用件を聞くために、若い女性が立ち上がる。

彼女を無視し、私は、奥の二人の女性に目を向けた。

迷いはなかった。私は、二人並んだ左側の女性に視線を固定した。

私を見た女性は、驚いたように目を見開き――、そして、口元に笑みを浮かべた。

名乗り合わなくてもわかった。

スペイン窓の少女に向かって、私は微笑みを返した。

エピローグ

私は五十歳になった。

二〇二二年の今でも、スペイン窓の家は、昔と変わらぬ姿で目の前にある。

まるで、ここだけ時間が止まっているかのようだ。


京都を再訪してから一週間後に、母が息を引き取った。

そして、その二年後に私は山梨県庁を辞め、京都に移り住んだ。今は、スペイン窓の少女が代表を務める編集プロダクションで、編集長として働いている。

彼女は、私の上司であり、私生活ではパートナーでもある。


こうしてスペイン窓を見上げていると、今でもお化けが現れる。

そして、私の背後では、両親が楽しそうに笑っている。

それは幻などではなく、私の頭の中に棲みついた、もうひとつの現実なのかもしれない。

浴衣姿の少女が、私の腕を取る。

少女に導かれるまま、私は、京都の街を彷徨《さまよ》い歩く。

「土曜日」のフランソア喫茶室

プロローグ

——二〇二二年　三月

飯塚秀文《いいづかひでふみ》は、フランソア喫茶室の前に立った。

淡い灰色をした壁、焦げ茶色の木製ドア、ドアの右上の壁から突き出した紋章入りのランプ、ステンドグラスで飾られたアーチ形の二つの窓——。まるでヨーロッパの旧市街にあるカフェのようだ。

秀文は、ダウンジャケットのポケットから、一枚の古い写真を取り出した。初老の男女が、建物の前で、微妙に距離を取って立っている。男性は、秀文の曽祖父、飯塚武《たけし》。女性の名前は高梨和子《たかなしかずこ》。武は硬い表情でうつむいているが、和子のほうは微笑んでいるように見える。

写真と、目の前の風景を見比べてみる。

間違いない、と秀文は思った。二人の背景に写っているのは、フランソア喫茶室だ。武の後ろにステンドグラスの窓、和子の左側に焦げ茶色のドアが見える。おそらく、今自分が立っている辺りからレンズを向けたのだろう。

写真の右下に印字された日付は「一九七七年十月二十八日」。今から四十五年も前だが、店の外観は当時と全く変わっていないように見える。

創業は一九三四（昭和九）年――。「フランソア」という店名は、美術家でもあった創業者の立野正一《たてのしょういち》が、敬愛する画家、ジャン＝フランソワ・ミレーにちなんで名付けたらしい。戦前は、京都に住む文化人や学生たちが集い、反戦や芸術文化を自由に語り合っていたという。

秀文は、腕時計に目を落とした。約束の時間まで、まだ一時間近くある。

待ち合わせている相手は、高梨和子の姉の孫にあたるという、住谷厚子《すみたにあつこ》。秀文が手にしている写真を撮った人物だ。電話の声では、穏やかで落ち着いた人のように感じた。齢は、六十代後半くらいだろうか。

少しだけ迷ったが、中に入って待つことにした。一刻も早くフランソアの店内を見たかった。

写真をポケットに戻し、店に向かって歩き出す。

不安と期待が入り混じる中、秀文は、焦げ茶色のドアを開けた。

――一九七七年　十月

フランソアの前まで来ても、飯塚武は迷っていた。

高梨和子から、「四十年前に本当は何があったのか知りたい」と書かれた手紙が届いたとき、武は激しく動揺した。手紙には、待ち合わせの日時と場所が、一方的に記されていた。和子は、武が必ず来ると確信しているようだった。あるいは、武が現れなければ、そのときはきっぱり過去を忘れようと決めているのかもしれない。

指定された時間までは、まだ三十分以上ある。

店に入るか、引き返すか――、フランソアの壁に真っ直ぐ目を向けたまま、武は考え続けた。

そして、ようやく決心した。

――全てを知らなければ、和子さんの戦後は終わらないのかもしれない。

そう思った。

大きくひとつ息をつくと、武は、焦げ茶色のドアを開けた。

高梨和子は、四十年振りにフランソアの前に立った。

——飯塚武は来る。

そう確信していた。

ちょうど待ち合わせ時間になろうとしていた。飯塚はもう店内にいるかもしれない。

昔のことが、脈絡なく胸の奥から溢れ出した。

映画の撮影現場、京都大学の食堂、フランソア、かつて暮らしていた下宿屋、「土曜日」の束——。

そして、鈴木《すずき》大志《たいし》の笑顔。

「和子さん」

ぼんやりしていると、横に立つ厚子が呼んだ。

和子は我に返った。

「ほな、私、一時間ぐらいぶらぶらしてくるわ」

「うん。ありがとうね」

和子は、笑顔で礼を言った。膝の悪い和子を気遣って、厚子は、自宅のある滋賀県大津市からこの近くまで、車で送ってくれたのだった。

若々しく美しい厚子の後ろ姿を見送ると、和子は、またフランソアに向き直った。

鈴木大志は、生涯ただ一度、心から愛した人だった。

大志の死を告げられたとき、和子の人生は一変した。失意の中、女優になるという夢をあきらめて実家に帰り、見合い結婚した。しかし、その数年後、夫は戦争で呆気なく死んでしまい、子どものいなかった和子は実家に戻された。それからは、病気がちの両親の世話をしながら、歯を食いしばるようにして生きてきた。過去のことを振り返る余裕ができたのは、数年前に相次いで両親を亡くしてからだ。

和子は、ハンドバッグから黄ばんだ古い名刺を取り出した。

「下鴨警察署　巡査　飯塚武」

四十年前、大志の死を知らせに来た男の名刺だ。

特高に逮捕されることを怖れた大志は、京都から福岡に逃げ、そこでやくざの喧嘩に巻き込まれて命を落としたという。

しかし、それはおそらく真実ではない。

四十年前、何があったのか、本当のことが知りたかった。

――待っているのは過去の亡霊なのかもしれない。

そう思いながら、和子は、焦げ茶色のドアを開けた。

I　二〇二二年

1

曽祖父である飯塚武について秀文が興味を持ったのは、祖父の死後のことだった。

二年前に祖母が亡くなったあと、残された祖父は、静岡の実家で両親と同居を始めた。秀文は、大学に合格して東京でひとり暮らしをしており、空いていた部屋が祖父の寝室になった。

二月末の寒い日の朝、祖父は、近所を散歩中に心臓麻痺を起こして倒れた。通りがかりの人が救急車を呼び、すぐに病院に運ばれたが、そのまま息を引き取った。八十一歳だった。

かつての自分の部屋には、祖父のものがいくつか残されていた。葬式のあと、遺品を整理していて、秀文は、厚手のビニールで丁寧に包まれた大量のタブロイド判の新聞を見つけた。

新聞の束の一番上には、一枚の古い写真が載っていた。

ビニールを破いて中身を取り出すと、秀文は、まず写真を手に取った。

写っている初老の男女に見覚えはない。どうしてこんな写真が一枚だけ古新聞といっしょに入っているのだろうと訝しみながら、秀文は、新聞の束を床に広げた。

紙面の上部に太い文字で「土曜日」と横書きされている。それが新聞の名前なのだろう。その下には「憩ひと想ひの午后」というサブタイトル。

束の一番上にあった「創刊号」の日付は、「昭和十一年七月四日」となっている。すぐにスマホを使って西暦の年号を調べた。一九三六年――。今から八十六年も前に発行されたものだ。

大学三年生の秀文は、大学ではジャーナリズムを専攻している。将来の夢もジャーナリストだ。俄然興味が湧いた。

床に広げた新聞を、いくつか、そっと手に取って見る。紙は黄ばみ、破れたり穴が空いたりしているものもあったが、きっちり梱包されていたからか、状態はそれほど悪くない。

床に置いた創刊号に目を落とす。

「土曜日」という新聞紙名の下には二人の若い女性とひとりの少女のイラストが描かれ、

その下にはエッセイのような文章が掲載されている。

タイトルは「花は鉄路の盛り土の上にも咲く」。

『しぶく波頭と高い日の下に、一杯の自分の力を感じた冒険者達の様に、かつて人々は生きた事があった。今は冷たいベトンの地下室で、単調なエンジンの音を聴きながら、黙々と与えられた部署に、終日を暮らす生活が人々の生活と成って来た。営みが巨大な機構の中に組み入れられて、それが何だか人間から離れて来た様である。明日への望みは失われ、本当の智慧が傷つけられまじめな夢が消えてしまった。しかし、人々はそれで好いとは誰も思っていないのである。何かが欠けていることは知っている。』

秀文は、小首を傾げた。何を言いたいのか、今ひとつわからない。

しかし、終盤まで読み進んで、そういうことか、と納得した。

『この鉄路の上に咲く花は、千鈞の力を必要としたのではない。日々の絶え間なき必要を守ったのである。我々の生きて此処に今居ることをしっかり手離さないこと、その批判を放棄しないことに於いて、始めて、凡ての灰色の路線を、花をもって埋めることが出来るのである。』

これは、当時の体制への批判だ。「鉄路」とは、おそらく「軍国主義」のことだろう。政府が推し進めようとしている軍国主義的な政策に対して、人々が少しずつでも抵抗を続けていくことができれば、鉄路の盛り土から民主主義の花を咲かせることができるはずだ。著者は、そう主張している。「軍国主義」や「民主主義」という言葉を直接使っていないのは、当局の検閲に引っかからないようにするためだろうか。

秀文は、スマホで「土曜日」を検索した。

『京都で発行されていた「土曜日」は、一九三〇年代の反ファシズム運動が生み出した記念碑的出版物として評価されている』

ほう、と思った。伝説の新聞というわけだ。

いくつかのサイトにアクセスすると、様々なことがわかってきた。

「土曜日」という名前は、当時のフランス人民戦線の機関紙「ヴァンドルディ（金曜日）」からとられたらしい。その名前の通り、月二回、土曜日に発行されていたという。

創刊したのは、松竹下加茂撮影所の大部屋俳優だった斎藤雷太郎《さいとうらいたろう》という人物で、支援していたのは、フランソア喫茶室の創業者、立野正一。彼らは、頭でっかちの学者の難解な文章ではなく、一般大衆が理解できるやさしい言葉で、反戦や反軍国主義を訴えようとした。政治や社会など時事的な記事だけでなく、映画や文学、美術、ファッションなどの記事も豊富で、映画評論の執筆には「さよなら、さよなら」で有名な淀川長治なども加わっていた。販売方法も当時としてはユニークで、売店に置くだけではなく、喫茶店など飲食店に買い取ってもらい、客が自由に読めるようにしていたという。後のタウン誌を先取りするような手法だ。

知れば知るほど、興味が湧いてきた。

改めて新聞の束に目を向ける。

——これはもしかしたら、とても貴重なものかもしれない。

何部揃っているのか、創刊号から順に数えた。「土曜日」が発行されていたのは、一九三六年七月から翌年十一月までの期間で、合計四十四回だという。

全て数え終えると、秀文は肩で大きく息をついた。

——全部揃っている。

どうして祖父はこの新聞を丁寧に保管していたのだろうと考え、ふと、おかしなことに気づいた。一九三六年には、祖父はまだ生まれていないはずだ。

創刊号と初老の男女が写った写真を手に、秀文は部屋を飛び出した。

母は、キッチンで夕食の支度をしていた。亡くなった祖父は母の父親だから、写真のことも新聞のことも知っているかもしれない。

「ねえ」

カウンター越しに背後から声をかけ、振り返った目の先に写真を突き出す。

「これ、おじいちゃんの遺品の中で見つけたんだけど——、写ってるの、誰？」

身体ごと向き直ると、母は、写真に向かって顔を突き出した。

「ああ、これ、ひいおじいちゃんよ。武さん」

「へえ、そうなんだ」

秀文は、曾祖父の写真は見たことがなかった。

しかし、それでわかった。「土曜日」は、祖父ではなく、曾祖父の遺品だ。それを祖父が、大切に保管していたのだ。

「じゃあ、横にいるのは、ひいおばあちゃん？」

当然そうだろうと思った。

しかし、母は返事に詰まった。わずかに表情が翳ったようにも見えた。

「違うわよ」

写真から顔を背けながら、小さな声で答える。様子がおかしい。

「なら、誰だよ」

「ひいおじいちゃんのお友だちじゃない？」

秀文は、写真に目を向けた。齢は取っているが、女性はきれいな顔立ちをしている。

「友だちって、どんな？」

「さあ……。知らないわよ」

嘘だな、とすぐにわかった。母は何か知っている。

「武さんて、昔、京都にいたの？」

秀文は話題を変えた。

「なんで？」

「これ」

今度は、「土曜日」の創刊号を掲げて見せる。

「なに、それ」

母は、目を細めて古新聞を見た。

秀文は、まず「土曜日」について手短に説明した。

「かなり貴重なものだと思うんだけどさ……。その新聞の束が、写真といっしょに保管してあったんだ。新聞が発行されてた年のことを考えると、ひいおじいちゃんの遺品だと思うんだけど」

「だから？」

「武さんて、もしかしたら、京都でこの新聞に何か関わってたんじゃないかなと思って」

「なるほどね」

合点がいったというように、母がうなずく。

「あんた、新聞記者志望だもんね。それで、気になったわけか」

「まあ、確かに」

自分の曽祖父が、もし伝説の新聞の執筆や編集に関わっていたとしたら、ジャーナリストを目指す身としては誇らしい。イヤらしい話だが、新聞社の入社面接でアピールできるかもしれない。

「武さんが、若い頃京都に住んでいたのは間違いないわ」

「やっぱり……」

「でも、その新聞のことは聞いたことがないし、武さんが京都で何をしてたかまではわからない」

「ほんとに？　でも、写真の女の人のことは何か知ってんだろ？　隠してもわかるよ」

秀文は、もう一度写真を突き出した。

母が目を伏せ、ため息をつく。

「しょうがないな」

ひとりごとを言うようにつぶやくと、母は、布巾で手を拭き、カウンターを回ってダイニングスペースに出てきた。

「座って」

短く告げ、テーブルの椅子を引いて腰を下ろす。

突然何事だ、と思いながら、秀文も母の正面に座った。

「武さんの話は、うちでは結構タブーなんだけどね」

「タブー？」

意外な言葉に、思わず繰り返した。

「武さん、その写真を撮った次の年にね、家出したのよ」

「家出？」

また繰り返した。

「京都に行ったのよ、ひとりで。まあ、ひいおばあちゃんは何年も前に亡くなってたから、不倫てわけじゃないんだけど」

「不倫？」

バカみたいにまたも繰り返し、慌てて口を閉じる。

「つまり、その……、写真に写ってる女の人と――?」

「そこがね……、どうもわからないのよ」

眉間に皺を寄せながら、母は腕を組んだ。

「その女の人とは、若い頃の知り合いらしくて……。その写真を撮ったときに再会したんじゃないかな。それで京都に行ったみたいなんだけど……」

「はっきりしないな」

「だからさ、武さんのことは我が家ではタブーになってたから、何があったのか、両親もほとんど話してくれなかったのよ。突然家を出て行って、京都で暮らすって連絡がきて……、あなたのおじいちゃんとの間ですったもんだがあって……、結局、死ぬまで絶縁状態みたいになっちゃったから……」

「じゃあ、武さんは京都で亡くなったの?」

「うん。そうみたい。女の人が、お骨を持って家に来たみたいなのよ。二十年以上前のことで……、私はもう結婚してて家にいなかったから、直接は会ってないんだけどね。家に来たのは、多分その写真の女の人だと思う。遺品はあとで送ってきたみたいだから、その新聞も、そのときいっしょに入ってたのかもしれないわね」

「その女の人の名前は？」

「私は知らない。聞いたことがない」

「どっかに何か残ってないかな。手紙とか――」

そこまで言って、不意に思い出した。さっき遺品を整理していたとき、年賀状や暑中見舞いの束が詰まった段ボール箱があった。あそこに手掛かりがあるかもしれない。

弾かれたように立ち上がると、秀文は自分の部屋に引き返した。

段ボール箱を引っ繰り返してハガキを床にぶちまけ、床に座り込んで、一枚一枚、差出人の住所を確認する。自分が知る限り、祖父に関西在住の親戚や知り合いはいないはずだから、ちゃんと住所が記入してあれば特定できる可能性が高い。

一枚一枚、左から取り上げて住所を確認したあと、右に投げ捨てていく。一生分のハガキを全部残してあるわけではないだろうから、たとえ武や写真の女性から便りが届いていても、捨てられている可能性はある。

残っていてくれ――、と祈りながら、流れ作業のようにして一枚一枚に目を落としていく。

滋賀県の住所が書かれたハガキがあった。死亡通知のようだが、印刷されたものではなく、きれいな文字で手書きされている。

『はじめてお便り差し上げます。

私は、高梨和子の姪孫で、住谷厚子と申します。

六月二十日、かねてより病気療養中の和子が急逝いたしました。

葬儀は、近親者にて、六月二十三日に滞りなく相済ませました。

武さんの生前には、大変なご心配ご迷惑をおかけいたしましたが、何卒ご容赦いただけますよう、亡き和子に代わってお詫び申し上げます。

和子と武さんのことを、どうかお許しください。

二〇〇四年　六月二十五日』

――これだ。

間違いない。

「姪孫」の意味がわからず、スマホで検索すると、「兄弟姉妹の孫」だという。ずいぶん遠い関係のようにも思えるが、和子の近しい親族は、うちと同じように二人の関係を許していなかったのかもしれない。厚子だけは、二人の理解者だったということか。

――さて、どうするか。

厚子からのハガキを手にしたまま、秀文は考えた。

和子という女性についても気になったが、「土曜日」と武の関わりについて知りたかった。うまくいけば、卒業論文のテーマにできるかもしれない。

厚子に手紙を書こうと、秀文は決めた。

2

手紙の中で、秀文は、自分が二十一歳の大学生で将来ジャーナリストを目指していること、祖父の遺品の中に「土曜日」の束と古い写真を見つけたこと、武と「土曜日」との関わりに興味を持っていることを記した。武と和子の関係や、武が晩年京都でどんな暮らしをしていたのかも、できれば知りたいと付け加えた。そして、静岡の実家と東京のアパートの住所、それにメールアドレスとスマホの番号も書き記した。どんな形でもいいから返事がほしかった。

手紙を投かんすると、秀文は、スマホで「土曜日」の撮影に取りかかった。ボロボロになって文字が読めなくなる前に、画像としてきちんと残しておきたかった。幸いなことに春休みなので、時間はたっぷりある。一枚一枚丁寧に床に広げ、真上から慎重にシャッターを切っていく。

撮影に疲れると、床にあぐらをかいて記事に目を通した。

記事の中には、いかにも学者が書いたというお堅い文章もあったが、ところどころに掲載されているエッセイは、とても読みやすく面白く、にやりとすることがしょっちゅうだった。記事はほぼ無記名だが、そんなエッセイは、ほとんど斎藤雷太郎が書いていたらしい。

秀文は、斎藤雷太郎という人物に興味を持った。

一九〇三年、横浜生まれ。九歳のとき両親が離婚し、母や姉と離れて父親と暮らすが、十歳で家出し、浅草で丁稚奉公などをした後、ひょんなことから新国劇の俳優となった。その後、映画にも出演するようになるが、関東大震災の被害で映画制作の拠点が関東から関西に移ったことから、自らも京都に移り住む。松竹下加茂撮影所で大部屋俳優をしていたとき、従業員の親睦と生活の向上を図り、待遇改善などで協力できるよう、「スタヂオ通信」という、今でいうところの「ミニコミ誌」を制作する。それが、進歩派の文化人の目に留まることとなり、「土曜日」へと繋がっていく。

雷太郎の書く文章は、軽妙でウイットに富んでいる。中でも秀文のお気に入りは、一九三七年に近衛文麿内閣が誕生したとき掲載された、「七円と九銭の弁当　近衛内閣と人民の生活」というタイトルのエッセイだ。それは、「社会正義の実現」という政策理念を訴えて人々の支持を集めていた近衛文麿に対する、皮肉たっぷりな一撃になっている。

『農民の飯を食い、農民の借金を持ち、農民の着物を着ない人がいかに社会正義から農村を論じても、どうもぴったりしないのだ。そこで一つ近衛さんの地位をみたい。

むつかしい理論ではない。端的な事実だ。近衛さんは組閣中に一食七円の弁当を食っている。八月一日からは京都西陣には栄養食配給所ができて織子さんたちに栄養食を配給するが、それは朝が五銭、午と晩とが九銭見当で、一日二十三銭ということになっている。近衛さんは病弱で栄養の点を考えて材料に苦心したため一食七円かかったのだそうであるが、西陣の織子さんは、その七円があったら、三十日養われてまだ一銭のおつりが来るのである。』

ユーモラスでわかりやすく、そして、核心をついている。自分もこんなエッセイが書けたらいいなと、秀文は思う。

しかし、ここまで書かれて政府が黙っているわけがない。雷太郎はじめ、最大の支援者だった立野正一や執筆者たちは、次々に逮捕され、刑務所に送られた。

弾圧を受けながらも、信念を貫き通した雷太郎たちは素晴らしい。

——もしかしたら、武さんも「土曜日」の制作に関わっていたのかもしれない。

そう考えると、胸が高鳴った。


厚子からスマホに電話がかかってきたのは、手紙を出してから三日後のことだった。

〈突然のことで驚きました〉

まず厚子は、そう言った。

〈和子さんが亡くなったのは、もう二十年近く前ですし……。まさか武さんのひ孫さんから連絡いただけるとは……〉

「手紙にも書きましたけど、祖父の遺品の中に『土曜日』を見つけるまでは、武さんのことは何も知らなくて……。もっとも、母も、あまりよく知らないみたいなんですけど……」

〈まあ、そうでしょうね。私の両親も、和子さんのことは、今でもあまり話題にしたがりませんから〉

「住谷さんは、二人のことをよくご存じなんですか？」

〈和子さんとは仲がよかったんで……、だいたいのことは〉

「『土曜日』と武さんの関わりについては？」

〈そうですね……〉

少しだけ、厚子は口ごもった。

〈電話で説明するのは、ちょっと難しいかな〉

――説明が難しい？

そんなに複雑な話なのだろうか。

「あの、僕、そっちに行ってもいいです。大学は春休みで暇ですから。直接、お話聞かせてもらえませんか？」

〈来ていただけるんですか？　こっちに？〉

「はい」

元々、春休み中に、バイトで貯めた金を使って旅行するつもりだった。最初は三月十一日に合わせて福島に行こうと思っていたのだが、それはまた来年でもいい。

「どうでしょうか」

〈ええ……、そうですね。私は構いません〉

スマホを握ったまま、秀文は小躍りした。

待ち合わせの日時と場所は、改めてメールで知らせると厚子は言った。そして最後に、武と和子が写っている写真は自分が撮ったものだと教えてくれた。

メールは、翌日に届いた。

3

京都駅で新幹線を降り、地下鉄で四条駅に向かう。

地上に出ると、目の前が四条通だ。バスや車が行き交い、歩道には人の数も多い。

京都は中学校の修学旅行で来て以来だった。そのときは、観光タクシーで神社仏閣に連れて行かれただけで、通りはほとんど歩いていない。

きょろきょろと辺りを見回しながら、商業ビルが建ち並ぶ四条通を東に向かう。

ゆっくり十五分ほど歩き、高島屋百貨店の前を過ぎると、その先に高瀬川が見えてくる。

思いのほか川幅は狭い。

川に突き当たったところで南に曲がり、飲食店が並んだ道を十数メートル。

秀文は、フランソア喫茶室の前に立った。

II 一九三六年

1

「カーット！」

監督から声がかかると、それまで地面に倒れていた斬られ役の役者たちが、のそのそと身体を起こし始めた。

「昼休憩に入ります〜！」

助監督の大声が、下鴨神社前に広がる糺の森にこだまする。

今日は、木立の中で時代劇の立ち回りシーンの撮影が行なわれているのだ。

「食事の用意、あっちにできてます〜！」

助監督が指さすと、むさ苦しい浪人の衣装を身に着けた十数人の役者が、その方向に一斉に首を捻った。撮影現場の端にテントが張られており、そのテーブルの上に大量のおにぎりが並んでいるのが見える。

主役をはじめ、役名がついている役者たちには松花堂弁当や汁物が用意され、別に設営されたテントの中の椅子に腰を下ろしての優雅な昼食となるが、大部屋俳優は、梅入りのおにぎり二つと漬物を持って、思い思いの場所での食事となる。

鈴木大志も、袴の埃を両手ではたきながら、おにぎりを待つ列に並んだ。二人分を新聞紙に包んでもらい、足早に森の中に戻る。

撮影現場からさらに奥に進んだ木立の中から、いびきが聞こえてきた。

「雷太郎さん」

大声で呼びかけるといびきが止まり、男は薄っすらと目を開けた。

大志と同じ浪人姿だが、斎藤雷太郎は、撮影には参加していない。リハーサルが始まると同時に姿を消していた。いつものことだ。

「もう飯か」

上半身を起こし、「うーん」と声を上げながら大きく伸びをすると、雷太郎は、大志に向かって右手を突き出した。

「いい加減にしないと、クビになりますよ」

その横に腰を下ろしながら、新聞紙に包んだ握り飯を差し出す。

「心配ないさ。給料分は働いてんだから」

雷太郎によると、会社は自分の値打ちの半分ほどしか給料をくれない。だからそれ以上働くつもりはないのだという。実際、雷太郎は、月の半分程度しかまともに働いていなかった。ロケには来るものの、気が乗らないときは隠れて寝ていることがほとんどだ。それでも、とりあえず衣装を身に着けて現場に来るのは、こうして食事にありつけるからだった。

大部屋には二種類の役者がいる。将来のスターを夢見て、斬られ役だろうが通行人だろうが野次馬の中のひとりだろうが、言われた役を何でもこなして、いつか監督に認められたいと必死な役者。そして、雷太郎のように、出世はあきらめ、適当にサボりながら給料だけもらっている役者。

当然のことながら、後者は年配の役者が多い。彼らは自分たちのことを「ズボラ組」と名付けていた。それなりに経験を積んでいて、そこそこ演技ができる役者ばかりだったから、会社側も一斉に首を切るわけにはいかず、見て見ぬ振りをしているのが現状だ。

大志が松竹下加茂撮影所の大部屋に入ったのは、四ヶ月程前のことだ。雷太郎とは、出身が同じ横浜だということから親しくなった。

――十一歳のとき、関東大震災で、祖父母と両親、それに弟の家族全員を亡くし、その後は様々な仕事を転々としていたが、役者になる夢を抱いて、四年前に映画制作の拠点になっていた関西に移った。この撮影所に入るまでは、京阪神地区の映画会社を転々としていた。

自分のことを大志が話すと、雷太郎はその不幸な身の上に同情し、それからは何かと目をかけてくれるようになった。もっとも、大志は、三十三歳の雷太郎より九歳年下だから、ほとんど子分のようなものだ。

「大志さん」

背後から名前を呼ばれ、振り返ると、着物を着た若い女性が立っていた。やはり大部屋女優の高梨和子。今日の役は、町娘の中のひとりらしい。花柄の衣装がよく似合っている。

「これ」

和子は、右手にやかん、左手に湯呑茶碗を重ねて持っている。

「おお、和ちゃん、気が利くな」

雷太郎は破顔した。和子は雷太郎のお気に入りなのだ。

「ここ、置いとくわ」

やかんと湯呑を大志の横に置き、すぐに立ち去ろうとする。

「和ちゃんも、ここで食べないか」

「ごめんなさい。私、頼まれてることあるし……」

雷太郎の誘いを断り、そそくさと引き返す。

「かわいそうに」

そのきゃしゃな背中に目を向けながら、雷太郎はつぶやいた。

「かわいそうって——、なんでです？」

「あの子はさ、気立てがよすぎるから、便利使いされてんだよ。役付きの連中の給仕でもさせられるんだろ」

「でも、いいんじゃないですか。顔を覚えてもらえるでしょ？」

「気立てがよすぎるってのは、この世界じゃダメなんだ。特に女優はさ——、自分がいい役をもらうためなら他人を蹴落としたって構わないぐらいの覚悟がなけりゃ、なんの後ろ盾もない女がのし上がることなんてできないんだよ」

「そうなんですか……」

「ああいう子は、とっとと嫁にいったほうがいいんだけどな。お前、もらってやったらどうだ」

大志は、口に入れた米を噴き出しそうになった。

「なんですか、いきなり」

「和ちゃん、お前に惚れてるぜ。見てりゃわかる。今だって、真っ赤になってたじゃねえか。お前だって同じ気持ちだろ？　それも見てりゃわかる。なんで付き合わないんだ？」

「誤解ですよ」

顔を背けてやかんを手にすると、大志は、濃い茶色をした番茶を湯呑茶碗に注いだ。雷太郎にわからないように、小さくため息をつく。

大志も和子のことが好きだった。しかし、今の自分の立場で、口が裂けてもそんなことは言えない。

「まあ、お前も大部屋のままじゃ、おいそれと結婚の約束なんてできないか」

雷太郎は苦笑いした。

「まあ、それはそれとして……。お前、俺の仕事を手伝わないか？」

やかんを持つ手が止まった。

「仕事って――、『土曜日』ですか？」

「ああ」

雷太郎は、自分で新聞を作っていた。今では、役者よりそっちの仕事に力を注いでいる。大志は、いつか声をかけられると思っていた。

「和ちゃんも手伝ってくれてるんだぜ」

「そうなんですか？」

「まあ、仕分けとか、発送とか、そういう雑用だけどな。このところ部数がどんどん増えてきてさ、ちょっと前までは近所の子どもに小遣いやって手伝ってもらってたんだけど、さすがに大人の手を借りないとにっちもさっちもいかないようになってな」

「人気なんですね」

今年七月に出した創刊号の売れ行きは大したことがなかったものの、その後、市内の喫茶店に置いてもらうという雷太郎の販売戦略が当たり、十月の今では、数千まで発行部数を伸ばしているという。

「ほんの小遣い程度の金しか払えないけど、手伝ってくれないか？　隔週の金曜日だけでいいんだ。その日に新聞が刷り上がるから」

「はあ……」

「お前、和ちゃんとはご近所だろ？」

「ええ、まあ……」

和子は、役者の仕事がないときには京都大学の食堂で働いており、大学内で働く女性たちと、京大近くの同じ下宿屋で生活している。大志が暮らす長屋は、その下宿屋から目と鼻の先にあった。

もっとお金を稼ぎたいという和子を、京大の食堂で働けるように手を回したのは雷太郎だった。京大の教授の中に「土曜日」の執筆者がいて、その人物に口添えを頼んだのだという。

大志と和子が最初に知り合ったのも、その食堂でだった。

雷太郎は、撮影がなく食事にありつけないときには、京大の食堂をよく利用していた。十五銭のおかずを一品頼んで、食べ放題のごはんと漬物を何回もお代わりして食いだめをするのだ。

雷太郎に誘われて、大志も京大食堂に行くようになった。和子は、内緒でおかずを一品付けてくれたり、大盛りにしてくれたりした。

「夜遅くなったとき、和ちゃんをひとりで帰すのが心配だったんだ。お前がいっしょにいてくれたら安心だしさ。別に、無理やりお前と和ちゃんをくっつけようと思って言ってるんじゃないぜ」

雷太郎の活動は、軍国主義を支持する団体から目を付けられている。万が一にも和子に何かあったらという、雷太郎の心配はよくわかる。

「そうですねえ。考えときます」

とりあえずそう答えた。

それ以上、雷太郎は無理強いするつもりはないようだった。黙ったままむしゃむしゃと握り飯を頬張り、漬物も全部平らげると、またごろりと横になった。撮影が終わるまで昼寝を続けるつもりのようだ。

「間もなく再開します～！」

助監督の声に、大志は立ち上がった。

2

金曜日の午後――、和子は、いつものように雷太郎のアパートに向かった。自分が住む京都大学の近くにある下宿屋からは、歩いて十五分ほどの距離だ。

「和子です」

声をかけながら軋む扉を開け、一歩中に入る。

そこで和子は、驚きに目を見開いた。ちゃぶ台を挟んで雷太郎と大志が向かい合って座り、タバコをふかしていたのだ。

「ああ、和ちゃん、ご苦労さん」

雷太郎が笑顔を向ける。

「今日から、こいつが手伝ってくれることになったから」

「え、そうなんですか」

大志は、照れくさそうな顔で黙って頭を下げた。

「よろしくお願いします」

思わず明るい声が出る。

しかし、次の瞬間、和子は、わずかに顔をしかめた。

ここに来るときはいつものことだが、作業をしやすいようにズボンとセーターという男のような格好だし、急いできたため髪はボサボサ、化粧もしていない。事前に言ってくれたら口紅くらい引いてきたのだが、和子を驚かせるために、きっと雷太郎は、あえて教えてくれなかったのだろう。

慌てて髪を撫でつける和子を見ながら、雷太郎はにやにやしている。

一瞬だけむっとした表情で雷太郎を睨み、六畳ひと間の部屋の中を見回すと、すでに所狭しと新聞の束が積み重ねられていた。

隔週土曜日発行の「土曜日」は、金曜のお昼頃に刷り上がる。普段は雷太郎ひとりで近くの印刷所に取りに行くため、全部運び終えていないようなこともあるのだが、今日は、大志が手伝ったからか早く済んだようだ。

狭い三和土で靴を脱いで部屋に上がると、和子は、ひと仕事終えてくつろいでいる二人を横目に、早速荷解きに取りかかった。明日一番で読むのを楽しみにしている読者のために、夜までには全ての作業を終わらせる必要がある。ぐずぐずしてはいられない。

雷太郎と大志も、和子を見て慌ててタバコをもみ消し、作業に取りかかった。

まずやらなければならないのは、喫茶店の分の仕分けだ。「土曜日」を置いてくれている喫茶店は、市内一の繁華街である河原町界隈だけでも「フランソア」はじめ、「築地」、「夜の窓」、「カレドーニャ」など二十店舗を超えていた。注文数に従って、四十部、五十部などと取り分けていく。「土曜日」を最初から支援してくれている「フランソア」だけは二百部と別格だ。

それが終わると、街のあちこちにある新聞販売店の分、さらに遠方への郵送分をまとめる。

自転車で行ける範囲の店には、雷太郎自らが持っていく。歩いて行ける近場の店への配達と、郵便局で配送の手続きをするのは和子の役目だ。自転車は一台しかないので、大志は、今日のところは和子を手伝うことになった。

大志は、必要なとき以外口を利くことはなく、目を合わせようともしない。雷太郎と二人で京大食堂に来たときには、和子と言葉を交わすこともあるのだが、女性とあまり付き合ったことがないのか、二人きりだとどうしていいのかわからないようだ。

そんな大志の様子が和子はおかしかった。そして、好ましく思った。

撮影所では、大部屋の男優からも、役付きの男優からも誘われることがあったが、男の役者は、ずうずうしく、口がうまく、女を見下しているような人間が多かった。その点、大志は、他の男優たちと違って真面目で誠実だった。そこに和子は惹かれていた。


和子が女優を目指すようになったのは、松竹下加茂撮影所の守衛をしていた母方の祖父に連れられて、子どものときスタジオを見学したことがきっかけだった。それ以来映画の世界にあこがれ、三年前、十八歳のとき、反対する両親をなんとか説得して滋賀の実家を出た。祖父はすでに撮影所の守衛を引退していたが、知り合いの助監督に紹介してくれ、なんとか大部屋女優になることができた。

しかし、映画の世界は、外から見るのとはまるで違っていた。先輩からのいじめ、いやがらせは毎日のことで、女優同士の足の引っ張り合いは日常茶飯事だった。和子は、辛くて苦しくて、毎日のように泣いていた。

問題は撮影所だけではない。居候していた祖父の家には息子夫婦が同居しており、ずっと肩身の狭い思いをしていた。息子の嫁から嫌味を言われることもあった。もう少しお金を稼いで、自分で部屋を借りて生活したかった。

ほとほと疲れ果て、どうしたらいいのかわからず悩んでいたとき、声をかけてくれたのが雷太郎だった。正直に悩みを打ち明けると、京大の食堂の仕事を紹介してくれ、下宿屋まで手配してくれた。雷太郎からは、女優業には向いていないのではないかと言われたが、止める両親を振り切るようにして京都に出てきた手前、すぐに辞めるわけにはいかなかった。

雷太郎の新聞の仕事を手伝うことは、自分から申し出た。最初は助けてくれたお礼のつもりだった。でも、今は違う。

「土曜日」に書いてあるのは、女の自分でも共感できることばかりだった。むしろ、その内容は、戦争を肯定する大多数の男たちではなく、平和を望むほとんどの女たちの立場に立っているような気がした。

「土曜日」を手伝うことに、和子は、誇りを持っていた。そこに大志が加わってくれたことが嬉しかった。

夕方六時過ぎに作業を終えると、和子は、大志を伴って雷太郎のアパートの近くにある市場に向かった。いつもは真っ直ぐ下宿に帰るのだが、今日は大志の歓迎会を兼ねて、和子が夕食を作ることになっていた。

野菜や魚を慎重に選んで、大志が持つ籠に入れていく。なんだか新婚夫婦になったみたいで、和子は楽しかった。大志はというと、相変わらず恥ずかしそうに肩をすぼめ、半歩遅れて和子のあとをついてくる。

大志は、きりっとした顔立ちの二枚目だが、演技は下手だった。一度だけ、ひとことセリフを言う役をもらえたことがあるのだが、何度も撮り直しをした挙句、結局、他の役者にその役を持っていかれてしまった。松竹下加茂撮影所に入るまでは他の撮影所を転々としていたらしいが、おそらく演技が下手過ぎてクビになったのだろうと和子は思っていた。

アパートに戻ると、先に帰っていた雷太郎が、日本酒の一升瓶を嬉しそうに掲げてみせた。その夜は宴会になった。

3

「土曜日」の部数は伸び続け、発行前日の金曜日は、猫の手も借りたいほどの忙しさになった。

二度目のときから、大志は、自分が借りてきた自転車で配達を手伝った。そして、仕事が終わると和子と二人で市場に行った。最初は歓迎会だけのつもりが、その後もずっと三人で夕食の食卓を囲むようになっていた。

大志は、豪放磊落な雷太郎の人柄に惹かれた。明るく賢く、可愛い和子のことも、益々好きになった。二人といっしょにいるのは楽しかった。

でも、こんな日がもう長く続かないことはわかっていた。軍部の力は日増しに強くなり、自由な言論は厳しく統制され始めている。和子が生き生きと振る舞えば振る舞うほど、大志の胸の中の不安は増した。

夕食のあと、和子を送るのは大志の役目だった。

雷太郎のアパートから東大路通を下り、百万遍の交差点を越えてしばらく進むと、大志が暮らす長屋がある。和子の下宿屋は、そのわずか数十メートル先だ。長屋の前を通り過ぎてまず下宿屋まで二人で行き、そのあとひとりで引き返すのが、いつものことになっていた。

帰り道で二人は、雷太郎のおかしな言動や行動、「土曜日」の記事の内容、撮影所での出来事などを話した。和子が一方的にしゃべることのほうが多かったが、大志も少しは口を利くことができるようになっていた。大志が口を開くと、和子は嬉しそうに微笑んだ。

十二月の金曜日——。

いつものように、和子と二人で長屋の自分の部屋の前まで来たときだった。

目の前の路地から、いきなり二人の男が飛び出してきた。手には木刀を持っている。

「誰だ！」

左右に散った二人を交互に見ながら、大志は、和子を庇って前に出た。

暗闇でマスクをしているため、男たちの人相はほとんどわからない。ただ、右側の男の目尻にホクロがあることだけは見てとれた。

「このアカが！」

左側の男が鋭く言った。

「アカ同士で逢引きか！」

右の男だ。

二人同時に木刀を構える。声の調子も、木刀の構え方も、ひどく芝居がかっている。

「天誅や！」

一歩踏み込むと、右の男が頭上から木刀を振った。それほどの速さはない。

両手を広げてそれを受け止める。衝撃と同時に、手のひらに痺れが走る。

その隙に、左の男の木刀が脇腹を叩いた。息が止まり、身体がくの字に曲がる。

大志の背後で悲鳴が上がった。

「やめて！」

和子の声が闇にこだまする。

左右から、男たちが、背中と尻を連打してきた。たまらずその場に崩れ落ちる。

「やめて！」

もう一度叫ぶと、和子は、いきなり大志の上に覆いかぶさった。

木刀が止まる。

周辺で、ガタガタと引き戸が開く音がした。騒ぎを聞いて、長屋の人たちが表に出てきたのだ。

二人の男は、呆気なく走り去っていった。

「大丈夫ですか？」

大志の顔を覗き込みながら、和子は尋ねた。涙声になっている。よほど怖かったのだろう。

「大丈夫です」

叩かれた右の脇腹を押さえながら、大志は身体を起こした。

二人は、明らかに手加減していた。本気で大怪我を負わそうとしていたなら、背中や尻ではなく、頭を狙ってきたはずだ。

「ただの警告でしょう。大したことはありません」

和子を安心させるために、軽い口調で言った。

長屋の住人が何人か声をかけてくれたが、「お騒がせしてすいません」とだけ応え、頭を下げる。関わり合いになりたくないのか、住人たちはすぐに顔を引っ込め、戸を閉めた。

「警察へ知らせましょう」

「いや」

和子の言葉に、大志は首を振った。

「無駄です。警察は本気で捜査なんてしてくれませんよ。だいたい、暗闇でマスクしてたから人相もよくわからないし」

「けど――」

「大丈夫です。怪我は大したことありませんから。とりあえず中に入りましょう」

おろおろしている和子をうながし、自分の部屋の前に歩く。ポケットから鍵を取り出し、引き戸を開けると、和子を先に中に入れた。

続いて部屋に入り、引き戸を閉める。

すると、いきなり和子が抱きついてきた。ぎょっとして思わず身体を離そうとしたが、和子が震えているのがわかり、ためらいながらも、大志は、ゆっくり背中に手を回した。

コート越しでも、和子の身体のやわらかな感触が手のひらに伝わった。離れるべきだと思ったが、身体がいうことをきかなかった。薄暗い土間で、大志は和子を抱きしめた。つと、和子が顔を上げた。涙で濡れた目が、闇の中で光っている。

自分の中で何かが溶けるのを大志は感じた。

和子の頬を両手で挟むと、顔を寄せ、薄桃色の唇に自分の唇を重ねた。拒否することなく、和子も応じてくれた。二人は、固く抱き合った。

激しく唇を吸いながら、大志は、そんなことをしている自分に戸惑った。こんなことはするべきじゃないとわかっていたが、自分を抑えることができなかった。

やがてハッと我に返ると、大志は身体を離した。

和子はうつむき、肩を震わせている。

「送っていきます」

自分に言い聞かせるようにそうつぶやくと、大志は、閉めたばかりの戸を開けた。

長屋の前の道は静まり返っていた。満天に星が輝き、半月がやさしい光を放っている。

さっき暴漢に襲われたことが嘘のように思えた。背中と脇腹の痛みだけが、それが現実に起きたことだと教えている。

わずか数十メートル先にある下宿屋に向かって、二人はゆっくりと歩き出した。

和子は、ずっとうつむいていた。ひとことも口を利かず、大志を見ることもなく、下宿屋の中に入った。

その前で、大志は立ち尽くした。

和子の身体の温もりと、唇の感触が、まだ残っていた。

ずっとこの日を夢見ていたような気がした。松竹下加茂撮影所で出会ってからではない。もっとずっと前、二年前に初めて和子を見たときからだ。

しかし、そのときのことは口が裂けても話すことはできない。

目を閉じ、鉛のようなため息をつくと、大志は踵を返した。

Ⅲ　二〇二二年

1

フランソアの店内に一歩入った途端、秀文は、そのレトロな雰囲気に魅了された。

フランソアが今ある形に改築されたのは、一九四一年のことらしい。京都大学のイタリア人留学生ベンチベニが中心となり、創業者の立野正一や画家の高木四郎などが設計に協力した。店内の装飾は豪華客船のホールをイメージしたものだという。白いドームの天井に、中央に膨らみのあるルネサンス調の柱、赤いビロードの椅子、味わいのある古い調度品の数々——。壁には、「モナリザ」をはじめ、有名な作品の複製画が何点か掛けられている。

この店には、多くの文化人が集った。藤田嗣治、宇野重吉、桑原武夫、吉村公三郎、鶴見俊輔など、名前を挙げればキリがない。さらに、新藤兼人と乙羽信子がデートの場としていたエピソードは有名で、今でも多数の作家や芸能人が訪れるという。

店内は六割ほどの席が埋まっていた。待ち合わせだと告げると、ウエイトレスが奥の壁際のテーブルに案内してくれる。身に着けている制服は膝下まであるシンプルなグレーのワンピースで、秀文は、キリスト教系の女子高校の制服を連想した。

待ち合わせの時間まで、まだだいぶ間があった。名物だというフレッシュクリーム入りのコーヒーを頼むと、秀文は、スマホを取り出し、家で撮影した「土曜日」の記事の拾い読みを始めた。

『人民が一日一日生きている姿は、それで立派に一つの批判である。この苦しさが、棄てようもない、立派な大きな批判である。何人も爽やかにこの批判の前に立つべきである。この現象自身の示す、行きすぎのとがめは、この批判は、「断」の一字ではなかなか解決しないし、そんな考え方がユートピアの考え方なのである。平凡な人間の声、愚民と考えられている人民の声の中に、真実は充ちている。』

当局から目をつけられることを恐れてか、「土曜日」に掲載されている記事はほとんど無記名だが、これは間違いなく学者が書いた文章だろう。言いたいことはわからないではないが、堅苦し過ぎてさっぱり頭に入ってこない。

それに比べて、近衛文麿の弁当についての斎藤雷太郎のエッセイは、わかりやすく面白く、頭の中にすっと入ってくる。本当の文章力というのは、そういうものなのではないかと秀文は思う。

着実に部数を伸ばしていた「土曜日」だが、日中戦争が本格的に始まる一九三七年になると、立野正一はじめ「土曜日」の支援者が次々に逮捕される事態となり、その発行にも黄信号が灯り始める。それでも雷太郎は、いずれ自分が逮捕されることを覚悟の上で新聞作りを続けた。大した心意気だ。

コーヒーカップは、ずいぶん前から空になっていた。待ち合わせ時間まであと十分ほど。それまで待つか、すぐにお代わりを頼むか、ちょっとだけ迷い、結局頼むことにした。

ウエイトレスを呼ぼうと顔を上げたとき、ドアが開いた。

入ってきた初老の女性をひと目見て、秀文は、それが待っている人物だとわかった。

厚子は、写真の中の和子とよく似ていた。

2

「まさか、武さんのひ孫さんと、こうしてフランソアでお会いできるて思いませんでした」

テーブルを挟んで正面に腰を下ろすと、厚子は、まず感慨深げにそう言った。

「静岡からわざわざ来てもろて——」

「いえいえ」

恐縮しながら、秀文が首を振る。

「こっちからお願いしたんですから。それに、フランソアには来てみたかったんです。素敵なとこですよね」

「そうでしょう？　私も大好きです。和子さんもよう来てたようです」

「あの、これ」

武と和子が写った写真を、秀文は、厚子の前に置いた。

「懐かし」

微笑みながら、厚子が写真を手に取る。

「私が撮った写真に間違いありません」

「どうして二人は、ここで会うことになったんでしょう。母は、そのあたりの事情を全く知らないみたいで……」

「和子さんが呼び出したんです」

厚子は、ハンドバッグから財布を出し、そこから一枚の名刺を抜き取った。それを秀文に向かって差し出す。

「下鴨警察署　巡査　飯塚武」

名刺の肩書を見た秀文は、あまりの驚きに息を呑んだ。

――ひいおじいちゃんが、警察官……。

秀文は、武は「土曜日」の協力者だとばかり思っていた。編集や執筆もしていたのではないかとさえ推測していた。しかし、事実は全く逆だった。武は、取り締まる側、弾圧する側だったのだ。

名刺を持つ手が震えた。これなら知らないほうがよかったとさえ思った。

「大丈夫ですか？」

厚子が訊いた。

「ええ……、大丈夫です」

動揺を抑え、なんとか答える。

「あの……、和子さんが呼び出したって、どういうことです？　二人の間に何があったんでしょうか」

「少し長い話になりますが、いいですか？　あなたが知りたいとおっしゃっていた『土曜日』にも関係のある話なんですけど」

「はい」

名刺を返すと、秀文は、真っ直ぐ厚子に向き直った。なんとなく、背筋を伸ばして聞くべき話のような気がした。

厚子は、昔、和子が松竹下加茂撮影所の大部屋の女優だったこと、そこで斎藤雷太郎と知り合い、「土曜日」を手伝っていたこと、そして同じ大部屋俳優の鈴木大志と愛し合っていたことを、淡々とした口調で話した。

「ある日突然、大志さんが姿を消したそうです。逮捕されることを怖れて福岡に逃げたらしいんですけど、そこで喧嘩に巻き込まれて亡くなったということのようでした。そのことを和子さんの許に知らせに来たのが、飯塚という刑事さんでした」

――武さんが、和子さんに、和子さんの恋人の死を告げた。

秀文は眉をひそめた。嫌な役回りだ。

「和子さんにとっては、大変なショックやったようです」

秀文の反応にはおかまいなく、厚子が続ける。

「その頃、雷太郎さんは刑務所に入っていて、相談できる人も頼れる人もいなくて……、結局、和子さんは、女優になる夢をあきらめて、滋賀の実家に帰りました」

しかし、見合い結婚した夫は戦争で亡くなり、実家に戻された和子は、独身のまま両親の世話をしながら暮らした。

「両親を相次いで亡くしたあと、和子さんは、久し振りにひとりで京都に来たんやそうです。一九七五年か、七六年のことやと思います。その頃、雷太郎さんは、京都市内で古物商のようなことをしていたんですけど……、そのことを風の便りで知った和子さんは、懐かしくて会いに行ったそうです。そのとき初めて、鈴木大志さんが死んだことを雷太郎さんに話したそうです。

雷太郎さんは、そのことを全く知らなかったようで……、大変驚かれたそうですけど……、急に、それはおかしいと言い出して……」

「おかしいって……、何がですか？」

「鈴木大志さんが福岡に逃げたということです」

そこで厚子は、運ばれてきたコーヒーに、ひとくち口をつけた。丁寧にカップを置き、改めて秀文に目を向ける。

ここからが話の本番なのだとわかった。秀文は緊張した。

「雷太郎さんは、和子さんに、本当のことを調べてみるから少し待っていてほしいと話したそうです。知り合いの警察官のＯＢに訊いてみるからと」

「警察官に、知り合いがいたんですか？　左翼活動家と警察官って、犬猿の仲、というか、敵同士みたいなもんでしょう？」

「まあ、普通はそうですすよね」

厚子は微笑んだ。

「ただ、戦前の京都というのは、東京と違って自由な空気がまだ残っていたようで、警察の中でも『土曜日』のような新聞を取り締まることに反対する方もいたらしくて……、そんな人たちは、戦争が終わったあと、雷太郎さんに謝りに来たそうです。雷太郎さんも大らかな人ですから、そういう人たちと付き合うようになったらしくて……。中には警察の中で偉くなった人もいたようですから、そういう人のツテで、飯塚という警察官のことを調べてもらったそうです。そして、とうとう住所を突き止めて……、それを和子さんに伝えました」

和子は、「本当のことを知りたい」と書いた手紙を、飯塚武宛てに送ったのだという。

そして武は、ここに来た。

「本当のことって、いったいなんです？　鈴木大志って人に、いったい何が起きてたんですか？」

厚子は、またコーヒーカップを取り上げた。

薄く目を閉じ、わずかに口をつけると、ひとつ息をつく。

そして、先を話し始めた。

厚子の話を聞きながら、秀文は言葉を失っていった。

あまりに意外な真実に、厚子の話が終わっても、しばらくの間口を利くことができなかった。

Ⅳ　一九三七年

1

　昭和十二年の年が明けると、世の中は、以前にも増してキナ臭くなっていった。軍部の力は強くなり、足もとに戦争の影が忍び寄って来るのを、誰もが感じていた。

　そんな世の中の動きに反発するかのように、「土曜日」は部数を伸ばしていた。喫茶店という、ある種世間から隔絶された空間の中で、学生や文化人たちは、「土曜日」を片手に、反ファシズム、反軍国主義について熱く語り合った。

　大志は、新聞の仕分けや配達だけでなく、編集や原稿取りの仕事も手伝うようになっていた。雷太郎と二人で紙面の構成を考えたり、どんな記事を載せるかを話し合った。フランソアや京大食堂の片隅のテーブルで行なわれる、執筆者や支援者との打ち合わせにも参加した。無記名で掲載される記事が誰によって書かれているのか、どんな人物が雷太郎に協力し、支援しているのか、同席して初めて大志は知った。

治安維持法違反という名目で、執筆者の中から次々に逮捕者が出始めた。「土曜日」に関わっていたことが直接の理由ではなく、「土曜日」自体はかろうじて廃刊を免れていたが、大切な執筆者を失っていくのは痛手だった。

「お前も何か書いてみろよ」

紙面の穴が埋まらず頭を抱えていたとき、雷太郎は大志に言った。半分は冗談だっただろうが、紙面の空いた部分を雷太郎ひとりで埋めるのは、確かに大変そうだった。

記事を書くことで忙しい雷太郎に代わって、大志は、執筆を依頼していた学者たちの許に出向いた。原稿を受け取ると印刷所に持ち込み、出来上がってきたゲラに赤ペンで修正を施した。文字数や行数を数え、記事の配置を整え、見出しを考えた。

大志は、撮影所ではすでに「ズボラ組」の仲間入りをしていた。撮影は適当にサボり、空いた時間は全て「土曜日」の仕事にあてた。

発行前の金曜日には、いつも通り和子がやって来た。

新聞を仕分けし、配達し、郵送の手続きをする。作業が終わると三人で食卓を囲み、大志と和子は、揃ってアパートを出る。

去年の年末の出来事以来、大志は、意識して和子と距離を置いていた。もう二度とあんなことはしないと自分に言い聞かせた。

あのあとの数ヶ月、和子は、明らかに何かが始まるのを待っていた。映画や芝居や食事に、大志が誘ってくれるのを期待していたのだろう。帰り道で、和子は、いつもそわそわしている様子だった。

無視するのは苦しかった。大志は、和子を愛していた。和子も同じ気持ちだということはわかっていた。それでも、無視するしかなかった。

春が過ぎ、夏になると、和子はあきらめたようだった。

帰り道には、当たり障りのない話をした。和子は、いつも悲しそうな顔で大志を見た。

その夜――、和子は、思いつめたような顔をしていた。

いつも以上に黙りこくったまま、二人は帰り道を急いだ。セミの鳴き声だけが、静まり返った街に響いていた。

下宿屋の近くまで来たときだった。

「なんでやの?」

いきなり立ち止まると、和子が訊いた。

仕方なく大志も足を止める。

「なんで、って……?」

「なんで、なんにも言ってくれへんの？　なんでそんなに冷たい振りすんの？」

大志は顔を背け、唇を嚙んだ。

「もうあきらめよう、辛抱しようて、ずっと思ってきたけど……、やっぱり我慢できひん。はっきり聞かせてほしい」

和子は、大志の両腕を摑んだ。無理やり自分のほうを向かせ、真っ直ぐ目を見つめてくる。

「全部振りやろ。わざと知らんぷりしてんのやろ？　なんでそんなことすんの？　ほんまは私のこと――」

「和ちゃん」

強い口調で、大志は遮った。

「私、大志さんのこと、好きやねんで。わかってるやろ？」

「あきらめてくれ」

「なんで？」

「俺と付き合ったって、いいことなんてあらへん。俺じゃ、和ちゃんを幸せにできひん」

「大部屋俳優やから？　役付きの役者になれへんから？」

「それもあるけど……、このままやと、俺も雷太郎さんも逮捕されるかもしれへんのや」

「そんなん、私かて同じやんか。逮捕されたかて、命まではとられへんやろ」

「けど――」

「役者やのうてもええやんか。なんか商売でもして、お金なんてなくても、二人でいっしょに――」

「それはできひん」

きっぱりと大志は言った。

和子は目を見開いた。二つの目が涙で光っている。

和子は、いきなり大志の右腕の手首を摑んだ。そのまま、下宿屋の横にある狭い路地に引っ張っていく。その剣幕にたじたじとなりながら、大志は、されるがままになっていた。どうしたらいいのかわからなかった。

薄暗い路地に入ると、和子は、意を決したような表情で、大志の首に両手を回した。そのまま顔を近づける。

大志は、抵抗できなかった。身体がいうことをきかない。あの夜と同じだった。

二人は唇を合わせた。

和子は泣いていた。泣きながら、すがりつくように身体を寄せ、唇を吸った。

やがて、黙って身体を離すと、和子は、何も言わず走って路地から出て行った。

下宿屋の戸が開き、閉まる音が、闇の中に響いた。

2

その日を境に、和子の様子は変わった。

和子は、あきらめたようだった。吹っ切ったといったほうがいいかもしれない。大志への態度は、暴漢に襲われたとき以前に戻った。

和子は、屈託なく明るく、ちゃきちゃきとよく働いた。二人きりでの帰り道では、雷太郎のおかしな言動や行動、「土曜日」の記事の内容、撮影所での出来事などを、ほとんど一方的に話し続けた。

そんな和子の様子を、痛々しい思いで大志は見ていた。

大志も苦しかった。全てを打ち明けられたらどんなに楽になるだろうと思った。しかし、話せば、何もかもが終わりになる。

それだけは避けなければならなかった。

秋も深まったある日――。

立ち回りの撮影を終えたあと、大志は、ひとりでしこたま酒を呑み、千鳥足で長屋に帰った。

引き戸に鍵を挿し込んだとき、異変に気づいた。鍵は開いていた。

来るべきときが来たのかもしれない、とすぐに思った。

唇を嚙みしめ、肩でひとつ息をつくと、戸に手をかけた。

そろそろと、ゆっくり開けていく。

土間の向こうにある暗い六畳間の奥で、タバコの火が、蛍のようにぼうっと光を放った。

そのわずかな明かりが、能面のような男の顔を闇の中に浮かび上がらせる。

靴を脱いで部屋に上がり、数歩進むと、大志は、手を伸ばして電灯のつまみを捻った。

一瞬で、狭い部屋が光に満たされる。

男は、背広にネクタイ姿だ。傍らには洒落た中折れ帽が置いてある。

「遅かったな。呑んできたんか?」

ちゃぶ台の上にある灰皿では、すでに数本のタバコが灰になっていた。

大志は、ちゃぶ台を挟んで男の正面に腰を下ろした。

灰皿に押しつけてタバコの火を消すと、

「明日、斎藤雷太郎を逮捕することになった」

世間話をするような軽い口調で、男は告げた。

大志は目を閉じた。やはり、と思った。「土曜日」の支援者や執筆者が次々に逮捕されている現状では、それも時間の問題だった。

「お前の役目はここまでや」

「私は、どうすれば――」

「すぐに姿を消せ。元の部署には戻れるようにしてある」

「しかし、それでは、私がスパイだったということがわかってしまいます」

「だから？」

男は薄く笑った。

「そんなことは気にせんでもいい。わかったところで、どうにもならん。それだけや」

中折れ帽を手にし、男が立ち上がろうとする。

「待ってください」

強張った口調で大志は止めた。眉をひそめながら、男が再び腰を下ろす。

「最後にひとつだけ、教えてください」

「なんや？」

「去年の年末、暴漢に私たちを襲わせたのは……、あなたの差し金ですか？」

「そうや」

事も無げに答える。

「あの二人は、役者ですか？」

男は目を丸くした。楽しげに鼻で笑う。

「さすが大部屋俳優。ようわかったな」

新興キネマや日活太秦撮影所など、京阪神地区の映画会社では、数年前から従業員の待遇改善を求めた労働争議が活発化しており、その陰には共産主義分子がいると考えられていた。そのため、特高（特別高等警察）では、内部情報を得るために、映画会社の従業員の中に密告者を潜ませている。その中には、大部屋俳優もいるはずだ。

暴漢に扮した二人組も、どこかの映画会社に潜ませている特高の協力者なのだ。大志たちを襲うのに警官を使うわけにはいかないし、やくざ者を雇えば大怪我を負わせかねない。殺陣の心得がある大部屋俳優なら、急所を外して攻撃するやり方を心得ている。

ただ、あのとき、和子は、大志を助けるためにいきなり背中に覆いかぶさってきた。間合いが悪ければ、木刀で殴られていたかもしれないのだ。

「どうしてあんなことまでやらせたんですか」

怒り顔の大志を見て、男は、わざとらしくため息をついた。

「この部屋にお前を住ませてたんは、なんでやと思ってる。あの女に近づくためや」

「それは……、わかっています」

斎藤雷太郎に近づくことに失敗したら、次善の策として和子と親しくなるよう、大志は命令を受けていた。和子は、雷太郎の仕事を手伝っているだけでなく、京大の食堂で働いている。そこには、雷太郎の仲間や「土曜日」の支援者も顔を出す。和子からなら有益な情報を得ることができると考えられていたのだ。

「しかし、私はすでに雷太郎と親しくなり、仕事も手伝うようになっていました。無理に和子さんに近づく必要は――」

「あの女は、お前に惚れてた。それを利用せえへん手はない」

ぐっと、大志は詰まった。

「この長屋の前で襲わせて、あの女にお前を介抱させたら、お前たちの仲は劇的に進む。そうじゃなかったか？」

膝の上で握った拳が震えた。怒りで頭が爆発しそうだった。

「お前、あの女に惚れてるな？」

大志は、男を睨んだ。

「まあ、それはいい。お前は任務を果たした。ご苦労やった」

今度こそ、男は立ち上がった。ちゃぶ台の前から動けない大志を横目に土間に下り、靴を履く。言葉もなく、振り返ることもなく、男は出ていった。

部屋には、男が吸った高級タバコの香りだけが残された。

3

雷太郎が逮捕された。

それだけではない、大志まで姿を消してしまった。

和子は、最初、大志も逮捕されたのだと思った。しかし、警察に行って問い質すと、留置されているのは雷太郎だけだという。

大部屋の俳優たちに訊いても、行方はわからなかった。

ほどなく、大志は警察のスパイだったのではないかという噂が流れ始めた。

──そんなはずはない、そんなバカなことがあるはずはない。

和子は自分に言い聞かせた。

もう何も手につかなかった。和子は、下宿屋の狭い部屋に閉じこもり、呆けたような日々を過ごした。

下鴨警察署から刑事が訪ねて来たのは、大志が姿を消して二週間ほど経ったときだった。下宿屋のおばさんが、部屋の襖越しに警察官の来訪を告げたとき、和子はひどく嫌な予感がした。

玄関には、がっしりした体軀だが、やさしい顔をした若い男が立っていた。男は、名刺を一枚差し出した。

「下鴨警察署　巡査　飯塚武」

名刺には、そう記されていた。

「お気の毒ですが……」

そう前置きすると、飯塚という刑事は、一週間前、鈴木大志が亡くなったと告げた。

一瞬、頭の中が真っ白になった。前屈みに倒れそうになったところを、咄嗟に飯塚が受け止めてくれた。

「大丈夫ですか？」

「はい……。大丈夫です」

やっとのことで答え、壁に手をついて身体を支える。

「いったい……、どういうことですか？」

「鈴木は、斎藤雷太郎が逮捕されたのを知って、福岡に逃げたようです。小さい宿に潜伏していたのですが、そこは、毎晩やくざが賭場を開いてるような宿で……、そこでやくざ同士のいざこざに巻き込まれて、誤って刺されたようです」

「うそや……」

そんなばかな、と思った。そんなことで命を落としたというのか。

「鈴木の部屋に、これが残されてました」

飯塚は、手にしていた黒い鞄から、膨らんだ茶封筒を取り出した。それを和子に手渡す。

封筒には、この下宿の住所と、高梨和子という宛名が書かれていた。

「事件のあった翌日に、あなたに送るつもりだったのでしょう。申し訳ありませんが、中身は改めさせていただきました」

本当に申し訳なさそうに、飯塚は言った。

「本来なら、遺骨といっしょに横浜にいる親戚に渡すべきところだったのですが、なんとか私が止めました。それは、あなたが持ってるべきものです」

それだけ言うと、深々とお辞儀し、踵を返す。

玄関の戸を開けて外に出るとき、飯塚は、ふと立ち止まった。

「お誕生日おめでとうございます」

和子を振り返ると、やさしい笑顔を向け、もう一度頭を下げる。

そのとき初めて、五日前が自分の誕生日だったことを思い出した。
茶封筒を胸に抱き、廊下を走って一階の奥にある自分の部屋に引き返す。
畳にペタンと尻をつくと、和子は、すでに封が切ってある茶封筒に手を差し入れた。
便箋が一枚と、小さな箱が入っていた。

『誕生日おめでとう。
和子さんといられた日々はとても楽しかった。
私は和子さんが好きでした。本当に好きでした。
でも、お会いすることはもうないでしょう。
私のことは忘れて、幸せになってください。』

震える手で箱を開けると、琥珀《こはく》のブローチが入っていた。
その赤茶色に輝く石を握りしめながら、和子は、喉が張り裂けんばかりの大声で泣き続けた。

V 一九七七年

1

特高の潜入捜査員として白羽の矢が立ったのは、雷太郎と同じ横浜で生まれ育ったことと、関東大震災を経験していることからだった。京都中探しても、そんな警察官は二人といなかったはずだ。

人は、自分と同じ場所で生まれ育ち、自分と同じ経験をした人間に親近感を持つ。大震災で家族全員を失ったのは本当だったから、人情家の雷太郎が同情することも、当局は計算済みだったのだろう。

雷太郎には、「十一歳で震災に遭ってひとりきりになってからは、様々な仕事を転々としながら、役者を目指して関西に移った」と話したが、それは真っ赤な嘘だ。実際は、京都に住む母方の遠い親戚で、子どものいなかった夫婦に引き取られ、経済的にはなんの不自由もない生活を送った。

警察官になったのは、父の影響だった。交通課の警察官だった父は、よく交差点の真ん中に立って交通整理をしていた。その姿が格好良く、小さい頃からあこがれていた。宮津《みやづ》署の交通課に配属されたときは、夢がかなったと喜んだ。特高に目を付けられさえしなければ、平凡な警察官人生を歩んでいたかもしれない。

宮津署から下鴨署に異動してからは、一ヶ月間みっちりと、スパイになるための教育を受けた。そして、松竹下加茂撮影所の大部屋に送り込まれた。そのことは、撮影所では上層部のごく一部しか知らされていなかったはずだ。

ほどなく、当局の思惑通り、雷太郎に近づくことができた。

誤算は和子の存在だった。

和子だけには、自分が特高のスパイだと知られたくなかった。だから、逮捕を怖れて福岡に逃げ、やくざの喧嘩に巻き込まれて死んだことにした。京都から遠く離れた場所で死んだことにしたのは、万が一事件について和子が知ろうとしても、真相に辿り着けないようにと考えたからだった。

下鴨署を離れてからは再び宮津に異動となったが、もう警察官を続ける気にはなれなかった。志願して陸軍に入り、満州に送られた。そして、ソ連軍の捕虜になり、シベリアの収容所で四年近くを過ごした。

日本に戻ると、養父母はすでに亡くなっていた。途方に暮れていたところに手を差し伸べてくれたのが、シベリアの収容所でいっしょだった静岡出身の元兵士で、父親が経営する水産加工会社で働かないかと誘ってくれた。京都から離れることには、なんの躊躇もなかった。むしろ、違う場所で一から人生を始めたかった。それからは、ずっと静岡で暮らした。

和子が、どうやって静岡の自分の住所を突き止めたのか、最初は不思議だった。ただ、ひとつだけ思い当たることはあった。警察学校の同期で仲のよかった元警察官と、年賀状だけだが、ずっとやり取りをしていたのだ。警察学校の同期生は絆が強い。おそらく、卒業名簿などを調べ、そこから辿っていったのだろう。ただし、そんなことをするには、警察関係者か、それに近しい人物の助けが必要だったはずだ。もしかしたら斎藤雷太郎が力を貸したのかもしれない。

それにしても、四十年も経ってから便りが届くとは思ってもいなかった。

『本当のことが知りたい』

手紙にはそう書いてあった。

——和子は、どこまで知っているのだろう。

ほとんど全てのことを知った上で手紙を送ったのか、あるいは、「飯塚武」という刑事に会うために来るのか。

それがわからない。

腕時計に目を落とす。ちょうど約束の時間だった。

入口のドアが開いた。

2

ひと目見ただけで、和子にはそれが誰だかわかった。真っ直ぐその男がいるテーブル席に向かった。

男は、緊張した顔でこっちを見ている。

和子は、男の目の前に立った。

「ご無沙汰してます」

軽く頭を下げ、正面に腰を下ろす。

男は、声を失っているようだった。無言のまま目を見開き、唇を震わせている。

注文を取りにきたウエイトレスがテーブルを離れると、和子は、改めて男に向き直った。

「あなたが、飯塚武さんやったんですね」

和子の言葉に、武は顔をしかめた。

目の前にいるのは、かつて鈴木大志と呼んでいた男だった。

「知っていたんですか？」

「雷太郎さんの推測です」

和子は頰を弛めた。

「雷太郎さんは、警察で取り調べを受けているとき、一度もあなたについて訊かれないことを不審に思って……、それで、逆に刑事さんに、鈴木大志はどうなったかと、尋ねたんやそうです。刑事さんは、そんな男は知らないと答えたそうです。それで、あなたが特高のスパイなんやと気づいたそうです」

「そうだったんですか……」

「私は、あなたが亡くなったと聞いてすぐに京都を離れてしまって……、それから両親が亡くなるまで、一度もこちらには戻りませんでした。去年、久し振りに雷太郎さんに会ってあなたのことを話したら、すぐに、そんなはずはない、と言い出して……、それで、私が持っていた名刺を手掛かりに、その刑事さんの行方を捜してくれたんです。雷太郎さんは、スパイが本名を使うはずはないから、もしかしたら、飯塚という刑事が本物のあなたなのかもしれないと言っていました」

「さすが雷太郎さんですね。頭がいい」

武は、薄く笑った。

「任務中は、鈴木大志として生きるように――、飯塚武という本当の名前は完全に捨ててしまうようにと、私は訓練を受けました。あなたと会っている間、私は鈴木大志という大部屋俳優でした。でも、あなたを騙しているのは苦しかった。何度本当のことを打ち明けようと思ったかわかりません」

「あなたが飯塚武やったら、あのとき私のところに来た刑事さんは、いったい誰やったんですか？」

「あれは……、私たちを襲った暴漢のひとりです」

「暴漢？　二人組の？」

「ええ」

武が小さくうなずく。

「あのとき、人相までわかりませんでしたが、目尻のホクロが目に留まりました。襲ったのは警察が雇った大部屋俳優だということはわかっていましたから、捜すのにそれほど時間はかかりませんでした。役者だから、刑事に化けるのくらい、わけはなかったでしょう」

「どうやって協力させたんです？　脅して？　お金で雇って？」

「最初は、周囲に密告者だとバラすと脅して従わせようとしました。ただ、私があなたとの関係を正直に話したら、その男は気の毒がって……、進んで芝居に協力してくれました」

――お誕生日おめでとうございます。

帰り際に、刑事に扮した男はそう言った。同情のこもった声に聞こえた。

「これ」

和子は、着ていたセーターの右胸の上に付けていたブローチを指さした。

武は、息を呑んだようだった。

「覚えてますか？」

「もちろん」

答える声が震えている。

「ずっと大切にしてきました。あなたやと思って。まさか、こうしてまたお会いできるとは思ってませんでした」

武の目から、涙がこぼれ落ちた。

和子がハンカチを差し出すと、黙って受け取り、目頭を拭った。

コーヒーを運んできたウエイトレスが、好奇の目を向けながらカップをテーブルに置く。

「今だから話しますが……」

ハンカチから顔を上げると、武は、泣き笑いの表情を和子に向けた。

「私は、スパイとして下加茂撮影所に入るずっと前から、あなたのことが好きでした」

「え――？」

和子は眉をひそめた。

「どこかでお会いしたことがあったんですか？」

「宮津署にいたとき、天橋立の近くで映画の撮影があったんです。私は、警備に駆り出されました。そのとき、あなたを見ました」

「天橋立……。ああ、覚えてます」

「あなたは、セーラー服を着ていました。とても可愛らしくて……、汗だくで野次馬の整理をしていた私の横を通ったとき、あなたは、小さな声で『ご苦労さまです』と声をかけてくれました。女優さんに声をかけられるなんて初めてだったから、とても嬉しかった」

「女優やなんて……」

主人公の友人のひとりとして、笑ったり嬌声を上げたりするだけの役だった。

和子は、不意に思い出した。あの撮影のとき、確かに、若いお巡りさんが一生懸命野次馬整理をしていた。なんとなく記憶にある。

「私は、三度、あの映画を観たんですよ」

武は、はにかんだように笑った。

「あなたが出る場面だけを楽しみにして」

「まあ……」

全部合わせても、自分は、ほんの数分しか映っていなかったはずだ。

ふと、暗い映画館の座席で、その場面を見逃すまいとドキドキしながら待っている若い男性の姿が浮かんだ。

和子は、声を上げて笑った。

つられたように、武も笑う。

二人は、顔を見合わせ、言葉もなく、しばらくの間笑い続けた。

エピローグ　二〇二二年

「なんだか、ちょっと複雑な気分です。武さんと和子さんが再会できたのはよかったですけど」

厚子の話を呆然としながら聞き終えると、秀文は、ため息混じりに言った。武が特高のスパイだったと聞いて、胸の奥にしこりのようなものが生まれていた。

「でも――」

眉をひそめながら、テーブルの上の写真を取り上げる。

「そんな劇的な再会をしたのに、武さんは、なんでこんな強張った顔をしてるんでしょう」

写真の中で和子は微笑んでいるが、武は、硬い表情でうつむいている。

「ああ、それはね――、私が無理やり写真を撮ったせいもあるんですけど……、このあと、二人は斎藤雷太郎さんのところに挨拶に行くってことになって……、それで、武さんはすごく緊張してたんです」

「なるほど」

武は、雷太郎を監視するために送り込まれていたのだ。会うのには勇気が必要だっただろう。

「私も二人といっしょに行ったんですけど……、雷太郎さんは、二人の再会をとても喜んでくれて……、今からでも遅くない、やり直せばええんやないかって、言ってくれたんですよ」

秀文は苦笑した。武が家出したのは、斎藤雷太郎がそそのかしたからだったのか。

「二人は、ずっと京都で暮らしたんですか？」

「ええ。和子さんは、それまで長いこと小料理屋で働いていたんですけど……、武さんといっしょになってから、京都でアパートを借りて、商店街の外れに小さなおばんざい屋を開いたんです。武さんは、和子さんを手伝って店を切り盛りしてました。二人はすごく仲がよくて……、私は、大好きでした」

手作りのおばんざいが入ったショーケースの向こうで、老カップルがにこにこしながら寄り添っている映像が浮かんだ。家族からは大ブーイングを浴びながらも、きっと二人は、幸せな晩年を過ごしたのだろう。

「それにしても、雷太郎さんて、ほんとに大らかな人だったんですね。武さんのせいで逮捕されて、『土曜日』も廃刊になったのに……」

秀文の言葉に、厚子は、小さく首を振った。

「違うんですか?」

「武さんがいてもいなくても、いずれ自分は逮捕されていたやろうし、『土曜日』も廃刊になっていたと思うって——、雷太郎さんは言ってました」

「そうなんですか?」

「そういう時代やったんでしょう。それに、これは武さん本人から聞いたことなんですけど……、武さんは、雷太郎さんの人柄に惚れ込んでたそうです。このフランソアの創業者の立野さんや、『土曜日』の支援者たちのことも、直に会って話してみて、本当に尊敬できる人たちやと感じたそうです。武さんは元々特高の人間やないし、むしろ軍部の力が強くなることに反対やったらしくて……、だから、特高には必要最低限のことしか報告しないようにして……、『土曜日』のことは、本気で手伝ってたそうです」

「へえ……」

ただ、その言葉をそのまま信じることはできないだろう。戦後に変節して、言い訳しているだけなのかもしれない。

そんな秀文の気持ちを見透かしたかのように、

「雷太郎さんは、武さんのこと、本当に感謝してました」

厚子は、そう続けた。

「三人で雷太郎さんと会ったとき、『土曜日』の話になったんですけど……、雷太郎さんは、武さんが書いた記事をとても褒めてました」

「武さんは……、記事を書いてたんですか？」

これには驚いた。

「はい。執筆者が次々に逮捕されて、雷太郎さんひとりでは、とうとう穴埋めができなくなって、何度か武さんが書いたそうです」

秀文は、発行された「土曜日」には全て目を通している。

「どの記事を書いたのか、わかりますか？」

「ええ。私も大好きなエッセイなんですけど……」

厚子は、ちらと小首を傾げた。

「題名は忘れましたけど……、近衛文麿の弁当代のことを面白おかしく――」

「はあ？」

思わず、素っ頓狂な声が出た。

「あれは、武さんが――、ひいおじいちゃんが書いたんですか？」

「そうみたいですよ」

秀文の反応に驚きながら、厚子がうなずく。

「まいったな」

全身から力が抜けた。それまでの緊張の糸が、音を立てて切れたように感じた。胸の奥のしこりも、一瞬で溶けてなくなった。

しこりにかわって、胸の奥から笑いがこみ上げてきた。頭の中に「七円と九銭の弁当近衛内閣と人民の生活」と題されたエッセイの文章が浮かんだ。

きょとんとする厚子の顔を見ながら、秀文は、肩を震わせて笑った。

東柱《ドンジュ》と東柱《とうちゅう》

●作中で引用した尹東柱の詩訳について

「序詩」は伊吹郷、「たやすく書かれた詩」と「星かぞえる夜」は尹東柱詩碑建立委員会の訳を採りました。

なお、尹東柱の略歴は、同志社大学構内にある石碑に刻まれた文章を引用しました。

●参考文献

『星うたう詩人　尹東柱の詩と研究』（三五館）尹東柱詩碑建立委員会編

＊尹東柱は実在した詩人ですが、本作品のストーリーは作者が創作したフィクションです。

京都が愛した姉妹

●引用作品

『古都』川端康成著（新潮文庫）

スペイン窓の少女

●引用作品

『中原中也全詩集』（角川ソフィア文庫）

●参考文献
『中原中也との愛　ゆきてかへらぬ』長谷川泰子著　村上護編（角川ソフィア文庫）
「土曜日」のフランソア喫茶室
●参考文献
『キネマ／新聞／カフェー　大部屋俳優・斎藤雷太郎と「土曜日」の時代』中村勝著　井上史編（図書出版　ヘウレーカ）
『暗い時代の人々』森まゆみ著（亜紀書房）
なお、作中の「土曜日」の記事等は、前記二作品から引用しました。

＊作中に登場する「フランソア喫茶室」は現在も京都に実在するカフェであり、「土曜日」も実際に発行されていた新聞であり、また、斎藤雷太郎、立野正一等も実在した人物ですが、ストーリーは作者が創作したフィクションです。

●謝辞

本書執筆にあたり——

「フランソア喫茶室」と、その創業者である立野正一氏等を実名で登場させることを快く許可してくださった、フランソア喫茶室の現オーナーと関係者の方々、また、京都弁の会話を丁寧に添削してくださった中木屋《なかきや》有咲《ありさ》氏に、この場を借りて厚く御礼申し上げます。

※この作品はフィクションであり、実在する人物・団体・事件などには一切関係がありません。

○初出
東柱《ドンジュ》と東柱《とうちゅう》　「ジャーロ」78号　二〇二一年九月刊
京都が愛した姉妹　文庫書下ろし
スペイン窓の少女　「ジャーロ」79号　二〇二一年十一月刊
「土曜日」のフランソア喫茶室　文庫書下ろし

光文社文庫

文庫オリジナル
京《きょう》都《と》文《ぶん》学《がく》小《しょう》景《けい》　物語《ものがたり》の生《う》まれた街角《まちかど》で
著　者　大《おお》　石《いし》　直《なお》　紀《き》

2022年2月20日　初版1刷発行

発行者　鈴　木　広　和
印　刷　新　藤　慶　昌　堂
製　本　榎　本　製　本

発行所　株式会社　光　文　社
〒112-8011　東京都文京区音羽1-16-6
電話 (03)5395-8149　編　集　部
8116　書籍販売部
8125　業　務　部

ISBN978-4-334-79307-4　Printed in Japan

組版　萩原印刷

光文社文庫　好評既刊

我慢ならない女　桂　望実
諦めない女　桂　望実
おさがしの本は　門井慶喜
小説あります　門井慶喜
こちら警視庁美術犯罪捜査班　門井慶喜
うなぎ女子　加藤　元
凪待ち　加藤正人
応戦1　門田泰明
応戦2　門田泰明
一閃なり（上・下）　門田泰明
任せなせえ　門田泰明
奥傳夢千鳥　門田泰明
夢剣霞ざくら　門田泰明
冗談じゃねえや　特別改訂版　門田泰明
汝薫るが如し　門田泰明
天華の剣（上・下）　門田泰明
大江戸剣花帳（上・下）　門田泰明

メールヒェンラントの王子　金子ユミ
完全犯罪の死角　香納諒一
祝山　加門七海
目嚢―めぶくろ―　加門七海
深夜枠　神崎京介
二十年かけて君と出会った　喜多嶋　隆
ココナツ・ガールは渡さない　喜多嶋　隆
A_7　喜多嶋　隆
B♭　喜多嶋　隆
ボイルドフラワー　北原真理
ハピネス　桐野夏生
ロンリネス　桐野夏生
鬼門酒場　草凪　優
避雷針の夏　櫛木理宇
世界が赫に染まる日に　櫛木理宇
九つの殺人メルヘン　鯨　統一郎
浦島太郎の真相　鯨　統一郎